W0247133

Dorothy Parker

Dämmerung vor
dem Feuerwerk

New Yorker Geschichten

Deutsch von
Pieke Biermann und
Ursula-Maria Mössner

Rowohlt

Die Übersetzung folgt
den Textfassungen der Originalausgabe
«The Portable Dorothy Parker»,
original edition published 1944,
revised and expanded edition published 1973,
Copyright © 1944 by Dorothy Parker,
Copyright © 1972 renewed by Lillian Hellman
Copyright © 1973 by National Association
for the Advancement of Colored People
Einzig berechtigte deutsche Ausgabe
mit freundlicher Genehmigung der
Viking Press, New York

Ursula-Maria Mössner übersetzte
«Dämmerung vor dem Feuerwerk»
und «Mr. Durant»;
die drei anderen Erzählungen
wurden von Pieke Biermann übersetzt

Veröffentlicht im Rowohlt Taschenbuch Verlag GmbH,
Reinbek bei Hamburg, Juli 1996
Die Erzählungen der vorliegenden Ausgabe
wurden dem Band
«New Yorker Geschichten» entnommen.
Copyright © 1985, 1994
by Haffmans Verlag AG Zürich
Alle deutschen Rechte vorbehalten
Die deutsche Neuübersetzung wurde
von Fritz Senn lektoriert
Umschlaggestaltung Beate Becker/Gabriele Tischler
(Foto Stephen Webster/G + J Fotoservice)
Satz Sabon (Linotronic 500)
Gesamtherstellung Clausen & Bosse, Leck
Printed in Germany
200-ISBN 3 499 22083 0

Inhalt

Dämmerung vor dem Feuerwerk

(Dusk Before Fireworks)

Er war in der Tat ein sehr gut aussehender junger Mann, wie geschaffen zur Belästigung. Seine Stimme war intim wie das Rascheln von Bettlaken, und er küßte leicht. Nicht aufzuzählen waren die Geschenke in Form von Charvet-Taschentüchern, *art-moderne*-Aschenbechern, monogrammbestickten Hausmänteln, goldenen Schlüsselanhängern und Zigarettenetuis aus dünnem Holz, eingelegt mit Ansichten von Pariser Vespasiennes, die ihm von allzu schnell zuversichtlichen Damen geschickt wurden und mit dem Geld ahnungsloser Ehemänner bezahlt waren, das überall auf der Welt akzeptabel ist. Jede Frau, die seine kleine, quadratische Wohnung besuchte, brannte sogleich vor Verlangen, deren Neudekoration in die Hand zu nehmen. Während seiner Mietzeit hatten drei verschiedene Damen diesen Ehrgeiz umgesetzt. Jede hatte, als kurzlebiges Denkmal, viel zuviel satinierten Chintz hinterlassen.

Der grelle Glanz des jüngsten Polstermaterials wurde jetzt von der Dämmerung eines Aprilabends gemildert. Ein weicher Schimmer von Violett und Grau lag auf Sesseln und Vorhängen anstelle des Tagesmusters aus bombastisch großen Klatschmohnpaaren und kleinen, traurigen Elefanten. (Die letzte der selbsternannten Ausstatterinnen war eine Dame, die ihrem Wesen durch das Sammeln von jeglicher Art Elefanten, außer den lebenden oder ausgestopften, zusätzlichen Reiz verliehen hatte; ihre Wahl des Chintzes war weniger um des modernen Zuschnitts willen getroffen worden als in der Zuversicht, die melancholischen Erinnerungen an ihr Hobby und demgemäß auch an sie selbst immerdar wachzuhalten. Unglücklicherweise zeigten sich dann gerade die Mohnblumen, Sinnbilder des Vergessens, als im Muster vorherrschend.)

Der sehr gut aussehende junge Mann war in einem Sessel ausgestreckt, der keine Beine und eine niedrige Rückenlehne hatte. Es bedurfte einer gewissen Anstrengung, an diesem Sessel einen anderen Vorzug zu erkennen als einen forcierten Tribut an die Modernität. Zweifellos war er eine Gefahr für alle, die mit ihm umgingen; sie machten keineswegs den günstigsten Eindruck in seinen Armen, und sie hätten sich niemals wünschen können, so im Gedächtnis behalten zu werden, wie sie aussahen, wenn sie sich in seine Tiefen hinabließen oder sich aus ihnen wieder emporwanden. Das heißt, alle außer dem jungen Mann. Er war ein langer junger Mann, breit in den Schultern und an der Brust und schmal überall sonst, und seine Muskeln gehorchten augenblicklich jedem Befehl. Ob er aufstand oder lag, umherging oder regungslos war, stets geschah es in Anmut. Mehrere Männer konnten ihn nicht leiden, aber nur eine Frau haßte ihn wirklich. Das war seine Schwester. Sie war stämmig, und sie hatte strähniges Haar.

Auf dem Sofa gegenüber dem problematischen Sessel saß eine zierliche und ruhig gekleidete junge Frau. Ihr Kleid war nicht mehr als matte, dunkle Seide und ein wenig Chiffon, doch die regelmäßig dafür eintreffende Rechnung forderte, in grimmigem Schwarz und Weiß, eine Summe nahe an die Zweihundert. Der sehr gut aussehende junge Mann hatte einmal gesagt, daß er Frauen gern in unaufdringlicher und konservativer, aber tadellos gearbeiteter Garderobe sah. Die junge Frau war eine jener Unglücklichen, die sich an jedes Wort erinnern. Das setzte ihrem Wohlbefinden besonders zu, als sich später herausstellte, daß der junge Mann auch eine Schwäche für Damen hatte, die Kleidern von schludriger Machart zugeneigt waren und Farben ähnlich dem Klang großer Jahrmarkttrompeten den Vorzug gaben.

Die junge Frau war in den Augen der meisten Betrachter gemäßigt hübsch; aber es gab einige, hauptsächlich von der Hand in den Mund lebende Personen, Künstler und dergleichen, die sich an ihr nicht satt sehen konnten. Ein halbes Jahr zuvor war sie noch lieblicher anzuschauen gewesen. Jetzt lag Spannung um ihren Mund und Unruhe auf ihrer Stirn, und ihre Augen sahen müde und bekümmert drein. Das sanfte Dämmerlicht stand ihr gut. Der junge Mann, der es mit ihr teilte, konnte all dies nicht sehen.

Sie streckte die Arme in die Höhe und verschränkte die Finger über dem Kopf.

«Ah, das ist angenehm», sagte sie. «Es ist angenehm, hier zu sein.»

«Es ist angenehm und friedlich», sagte er. «O Gott. Warum können die Menschen nicht einfach friedlich sein? Das ist doch nicht zuviel verlangt, oder? Warum muß es nur ständig solchen Ärger geben?»

Sie ließ die Hände in den Schoß sinken.

«Den muß es überhaupt nicht geben», sagte sie. Sie hatte eine ruhige Stimme, und sie sprach jedes ihrer Worte mit der ihm gebührenden Höflichkeit aus, als ob sie Achtung vor der Sprache hätte. «Es bräuchte nie Ärger zu geben.»

«Es gibt aber eine ganze Menge davon, Liebste», sagte er.

«Gewiß gibt es das», sagte sie. «Es gibt genausoviel Ärger wie Hunderte von kleinen schrillen, überflüssigen Menschen. Es sind die Zweitklassigen, die Ärger anrichten, nicht die Erstklassigen. Du brauchtest nie wieder einen Hauch davon in deinem wunderbaren Leben zu haben, wenn – verzeih bitte meinen Fingerzeig – du es nur fertigbrächtest, dich gegen diese Horde keifender Weiber abzuschirmen, die deinem leicht überfüllten Bekanntenkreis angehören, mein Guter. Du, ich meine das wirklich, Hobie, Schätzchen. Ich habe dir das schon so lange einmal sagen wollen. Aber es ist schauderhaft schwer auszusprechen. Wenn ich es ausspreche, dann läßt mich das genau wie eine von denen klingen – läßt mich billig und eifersüchtig erscheinen. Sicher weißt du, nach all dieser Zeit, daß ich das nicht bin. Ich mache mir nur einfach solche Sorgen um dich. Du bist so edel, du bist so liebenswert, daß es mich fast umbringt mit anzusehen, wie du von einem Haufen Weibern wie Margot Wadsworth und Mrs. Holt und Evie Maynard und ähnlichen verschlungen wirst. Du bist doch so viel besser. Du weißt, daß ich es nur deshalb sage. Du weißt, daß ich nicht die Spur Eifersucht in mir habe. Eifersüchtig! Du lieber Himmel, wenn ich eifersüchtig sein wollte, dann wäre ich es auf jemanden, der es wert ist, und nicht auf blöde, dumme, faule, nichtswürdige, selbstsüchtige, hysterische, ordinäre, liederliche, sexbesessene –»

«Liebling!» sagte er.

«Na ja, tut mir leid», sagte sie. «Es tut mir so leid. Ich wollte mich damit wirklich nicht über gewisse Freundinnen von dir auslassen. Vielleicht ist ja die Art, wie sie sich benehmen, nicht ihre Schuld», sagte sie unwahrheitsgemäß. «Schließlich kann man nicht erwarten, daß sie wissen, wie es ist. Die Ärmsten, sie werden nie wissen, wie schön es sein kann, wie herrlich es immer ist mit uns beiden allein. So ist es doch, oder? Ach, Hobie, ist es nicht so?»

Der junge Mann hob seine trägen Lider und sah sie an. Er lächelte mit einem Winkel seines wundervoll geschwungenen Mundes.

«M-hm», sagte er. Er wandte die Augen von ihr ab und machte sich an einem Aschenbecher und einer erloschenen Zigarette zu schaffen. Aber er lächelte noch immer.

«Bitte nicht», sagte sie. «Du hast versprochen, daß du nicht mehr erwähnst – was letzten Mittwoch war. Du hast gesagt, daß du nie wieder daran denkst. Ach, was hat mich nur dazu gebracht! Szenen machen. Wutanfälle. In die Nacht hinausrennen. Und dann zurückgekrochen kommen. Ich, die dir beweisen wollte, wie anders eine Frau sein kann! O bitte, bitte, laß uns nicht mehr daran denken. Nur sag mir, daß ich nicht so schrecklich war, wie ich weiß, daß ich war.»

«Liebling», sagte er, denn er war oft ein junger Mann einfacher Worte, «du warst das Schlimmste, was ich je erlebt habe.»

«Also sprach Sir Hubert persönlich!» sagte sie. «Oje. Oje, oje. Was kann ich bloß sagen? ‹Entschuldigung› ist nicht annähernd genug. Ich bin niedergeschmettert. Ich bin am Boden zerstört. Würdest du bitte etwas unternehmen, um mich wieder ganz zu machen?»

Sie streckte die Arme nach ihm aus.

Der junge Mann stand auf, kam herüber zum Sofa und küßte sie. Er hatte einen kurzen, gutmütigen Kuß vorgehabt, einen kurzen Halt auf seinem beabsichtigten Abstecher hinaus in die kleine Küche, um dort Cocktails zu mixen. Aber ihre Arme umklammerten ihn so fest und so freudig, daß er den Plan aufgab. Er zog sie auf die Füße und verließ sie nicht.

Bald darauf bewegte sie den Kopf und verbarg ihr Gesicht über seinem Herzen.

«Hör zu», sagte sie in den Stoff. «Ich möchte es jetzt einmal aussprechen und dann nie wieder davon anfangen. Ich möchte dir sagen, daß es so etwas wie letzten Mittwoch nie, nie wieder geben wird. Was uns verbindet, ist viel zu schön, um jemals in den Schmutz gezogen zu werden. Ich verspreche, oh, ich verspreche dir, ich werde nie wie – wie all die anderen sein.»

«Das könntest du auch gar nicht, Kit», sagte er.

«Ach, denke das immer», sagte sie, «und sag es manchmal. Es ist so schön zu hören. Ja, Hobie?»

«Für deine Größe», sagte er, «redest du furchtbar viel.» Seine Finger glitten unter ihr Kinn, und er hielt ihr Gesicht der größeren Bequemlichkeit halber fest.

Nach einer Weile bewegte sie sich wieder.

«Rate mal, wer ich jetzt, in diesem Moment, lieber wäre als irgend jemand sonst auf der Welt», sagte sie.

«Wer denn?» sagte er.

«Ich», sagte sie.

Das Telefon läutete.

Das Telefon war im Schlafzimmer des jungen Mannes, wo es in häufigem Schweigen auf dem Tischchen neben seinem Bett stand. Das Schlafgemach besaß keine Tür; ein Sachverhalt, der auch Nachteile hatte. Nur ein mit einem Vorhang versehener Bogen trennte seinen Intimbereich von der des Wohnzimmers. Ein weiterer Bogen, von dem ebenfalls Chintz flutete, führte vom Schlafzimmer in einen winzigen Flur, an dem das Badezimmer und die kleine Küche lagen. Nur durch das Betreten eines dieser beiden Räume, das Schließen der Tür hinter sich und das volle Aufdrehen der Wasserhähne konnte es eine zweite in der Wohnung befindliche Person vermeiden, mitzuhören, was am Telefon gesprochen wurde. Der junge Mann dachte manchmal daran, in eine Wohnung von besser abgestimmter Anordnung umzuziehen.

«Das verdammte Telefon klingelt», sagte der junge Mann.

«Ja», sagte die junge Frau. «Ausgerechnet jetzt.»

«Laß uns einfach nicht drangehen», sagte er. «Soll es doch einfach weiterklingeln.»

«Nein, das mußt du nicht», sagte sie. «Ich muß groß und stark sein. Außerdem ist es vielleicht nur jemand, der gerade gestorben ist und dir zwanzig Millionen Dollar hinterlassen hat.

Vielleicht ist es ja gar keine andere Frau. Und wenn doch, was macht das mir schon aus? Siehst du, wie lieb und vernünftig ich bin? Schau nur, wie großzügig ich bin.»

«Das kannst du dir auch leisten, Herzchen», sagte er.

«Das weiß ich», sagte sie. «Schließlich, wer immer sie auch ist, sie ist weit fort am Ende einer Leitung, und ich bin hier.»

Sie lächelte zu ihm hinauf. Daher dauerte es fast eine halbe Minute, bis er zum Telefon ging.

Noch immer lächelnd, beugte die junge Frau den Kopf zurück, schloß die Augen und breitete die Arme weit aus. Ein langer Seufzer hob ihre Brust. So stand sie da und ließ sich dann wieder auf dem Sofa nieder. Sie versuchte leise zu pfeifen, doch die hervorkommenden Töne wollten nicht der gewünschten Melodie ähneln, und sie fühlte sich, obwohl beteiligt, vage im Stich gelassen. Dann blickte sie sich in dem von der Dämmerung erfüllten Zimmer um. Dann bedachte sie ihre Fingernägel, wobei sie die geschlossene Hand jeweils dicht vor die Augen hielt, und fand nichts auszusetzen. Dann strich sie ihren Rock über den Beinen glatt und schüttelte die Chiffonrüschen an ihren Handgelenken aus. Dann breitete sie ihr

Taschentüchlein auf den Knien aus und fuhr mit exquisiter Sorgfalt dem «Katherine» nach, das in Schreibschrift in eine seiner Ecken eingestickt war. Dann gab sie es auf und hörte nur noch zu.

«Ja?» sagte der junge Mann. «Hallo? Hallo. Ich habe Ihnen doch gesagt, daß hier Mr. Ogden ist. Nun, ich bin ja am Apparat. Ich bin schon die ganze Zeit am Apparat. Sie waren plötzlich weg, nicht ich. Hallo? Also jetzt hören sie mal – Hallo? He. Verdammt noch mal, was soll das? Nun melden Sie sich doch. Fräulein! Hallo, *ja*, hier ist Mr. Ogden. Wer? Oh, hallo, Connie. Wie geht es dir, Schätzchen? Was? Du bist was? Oh, das ist aber schade. Was ist los? Und warum kannst du nicht? Wo bist du, in Greenwich? Ah, ich verstehe. Wann, jetzt? Tja, Connie, es ist nur so, daß ich gleich weggehen muß. Wenn du also jetzt in die Stadt kämst, dann wäre das nicht sehr – Also das geht wirklich nicht, Schätzchen. Ich lasse die Leute ja bereits warten. Ich sage, daß ich jetzt schon spät dran bin, ich wollte gerade aus dem Haus gehen, als du angerufen hast. Tja, das kann ich eigentlich nicht sagen, Connie, weil nicht abzusehen ist, wann ich mich loseisen kann. Schau, warum wartest du nicht und kommst erst morgen in die Stadt?

Was? Kannst du mir das nicht jetzt sagen? Oh –. Tja –. Also, Connie, es besteht kein Grund, so zu reden. Aber selbstverständlich würde ich alles nur Menschenmögliche tun, aber ich sage dir doch, daß ich heute abend nicht kann. Nein, nein, nein, nein, nein, das ist es überhaupt nicht. Nein, überhaupt nichts dergleichen, wenn ich es dir doch sage. Es sind Freunde meiner Schwester, und es ist einfach etwas, um das man nicht herumkommt. Sei doch ein braves Mädchen und geh früh zu Bett, und dann fühlst du dich morgen auch wieder besser, ja? Hm? Machst du das? Was? Aber natürlich, Connie. Ich versuche es später, wenn ich kann, Schätzchen. Na schön, wenn du willst, aber ich weiß nicht, um wieviel Uhr ich nach Hause komme. Natürlich tue ich das. Natürlich tue ich das. Ja, *bitte*, Connie. Sei ein braves Mädchen, ja? Wiederhören, Schätzchen.»

Der junge Mann kehrte durch den Chintz zurück. Er sah ziemlich mitgenommen aus. Was ihm natürlich gut stand.

«Gott», sagte er nur.

Die junge Frau auf dem Sofa sah ihn an wie durch pures Eis.

«Und wie *geht* es der lieben Mrs. Holt?» sagte sie.

«Großartig», sagte er. «Prima. In fabelhafter Form.» Er ließ sich erschöpft in den tiefen Sessel sinken. «Sie sagt, sie hat mir etwas mitzuteilen.»

«Es kann ja wohl nicht ihr Alter sein», sagte sie.

Er lächelte ohne Begeisterung. «Sie sagt, es sei zu ernst, um es am Telefon zu sagen.»

«Dann könnte es doch ihr Alter sein», sagte sie. «Sie hat Angst, es könnte sich wie ihre Telefonnummer anhören.»

«Etwa zweimal in der Woche», sagte er, «hat Connie etwas, das sie einem sofort mitteilen muß und das sie unter keinen Umständen dem Telefon anvertrauen kann. In der Regel stellt sich dann heraus, daß sie den Butler wieder beim Trinken erwischt hat.»

«Ich verstehe», sagte sie.

«Tja», sagte er. «Arme kleine Connie.»

«Arme kleine Connie», sagte sie. «Oh, mein Gott. Diese Säbelzahntigerin. Arme kleine Connie.»

«Liebling, warum müssen wir unsere Zeit über Connie Holt verschwenden?» sagte er. «Können wir nicht einfach friedlich sein?»

«Nicht solange diese Bestie die Gassen durchstreift», sagte sie. «Kommt sie heute abend noch in die Stadt?»

«Tja, sie wollte», sagte er, «aber dann hat sie mehr oder weniger gesagt, daß sie doch nicht kommt.»

«Oh, die kommt», sagte sie. «Du solltest mal schleunigst aus dieser Traumwelt herabsteigen. Sie wird wie von der Tarantel gestochen aus Greenwich herausschießen, wenn sie glaubt, daß eine Möglichkeit besteht, dich zu sehen. Ach, Hobie, du willst die alte Schachtel doch nicht tatsächlich sehen, stimmt's? Stimmt's? Denn wenn du das willst – Tja, vermutlich willst du das doch. Sicher, wenn sie etwas hat, das sie dir sofort mitteilen muß, dann möchtest du sie natürlich sehen. Schau, Hobie, du weißt, daß du mich jederzeit sehen kannst. Es ist überhaupt nicht wichtig, daß du mich heute abend siehst. Warum rufst du nicht Mrs. Holt an und sagst ihr, sie soll den nächsten Zug nehmen? Mit dem Zug wäre sie doch schneller hier als mit dem Auto, nicht wahr? Bitte laß dich nicht abhalten. Ich habe nichts dagegen. Wirklich nicht.»

«Weißt du», sagte er, «ich wußte, daß das kommen würde. Ich konnte es schon daran erkennen, wie du warst, als ich vom Telefon zurückkam. Oh, Kit, was bringt dich nur dazu, so zu reden? Du weißt verdammt gut, das letzte, was ich will, ist, Connie Holt sehen. Du weißt, wie sehr ich bei dir sein möchte. Warum mußt du eine solche Staatsaktion daraus machen? Ich habe dich beobachtet, wie du dagesessen bist und dich absichtlich hineingesteigert hast, aus heiterem Himmel. Was soll das Ganze? Herrgott, was haben die Frauen bloß?»

«Bitte nenne mich nicht ‹Frauen›», sagte sie.

«Es tut mir leid, Liebling», sagte er. «Ich wollte nichts Unanständiges sagen.» Er lächelte sie an. Sie fühlte ihr Herz dahinschmelzen, aber sie tat ihr Bestes, sich nicht so leicht überreden zu lassen.

«Zweifellos», sagte sie, und ihre Worte fielen wie Schnee bei Windstille, «habe ich unüberlegt gesprochen. Falls ich, was wohl der Fall gewesen sein muß, etwas gesagt habe, das dich gekränkt haben sollte, so kann ich dich nur bitten, mir zu glauben, daß das ein Malheur meinerseits war und nicht meine Absicht. Die Höflichkeit schien mir lediglich zu gebieten, dich darauf hinzuweisen, daß du dich nicht verpflichtet fühlen mußt, den Abend mit mir zu verbringen, wenn du eigentlich lieber in Gesellschaft von Mrs. Holt sein möchtest. Ich hatte nur das Gefühl – Ach, zum Teufel damit. Ich bring es einfach nicht fertig. Natürlich habe ich es nicht ernst gemeint, Liebster. Wenn du gesagt hättest: ‹Na schön› und hingegangen wärst und ihr gesagt hättest, sie solle kommen, dann wäre ich gestorben. Ich habe es nur gesagt, weil ich dich sagen hören wollte, daß du bei mir sein willst. Ach, ich brauch es so, dich das sagen zu hören, Hobie. Es ist – es ist das, was mich am Leben erhält, Liebling.»

«Kit», sagte er, «das solltest du eigentlich wissen, auch ohne daß ich es sage. Du weißt das doch. Das Gefühl zu haben, Dinge aussprechen zu müssen – *das* macht alles kaputt.»

«Vermutlich ist das so», sagte sie. «Vermutlich weiß ich das sogar. Nur – nur, ich bin so durcheinander, daß ich einfach – ich kann einfach so nicht weitermachen. Ich muß es hin und wieder bestätigt bekommen. Am Anfang brauchte ich es nicht, als alles noch so heiter und sicher war, aber jetzt – nun, jetzt ist es eben nicht mehr so. Es scheint so viele andere zu geben, daß – Darum brauche ich es so schrecklich, daß du mir sagst, daß es nur mich und sonst niemand gibt. Oh, ich habe es vorhin einfach *gebraucht*, daß du mir das sagst. Schau mal, Hobie. Was glaubst du, wie ich mir vorkomme, wenn ich hier sitze und höre, wie du Connie Holt anlügst – wenn ich dich sagen höre, du müßtest mit Freunden deiner Schwester ausgehen? Warum konntest du denn nicht sagen, daß du eine Verabredung mit mir hast? Schämst du dich meiner, Hobie? Ist das der Grund?»

«Oh, Kit», sagte er, «um Himmels willen! Ich weiß nicht, warum ich das gesagt habe. Ich hab es gesagt, ohne auch nur nachzudenken. Ich hab es – na, irgendwie instinktiv gesagt, nehme ich an, weil das das Einfachste war. Vermutlich bin ich einfach schwach.»

«Nein!» sagte sie. «Du und schwach? Also wirklich! Hast du noch irgendwelche Neuigkeiten auf Lager?»

«Aber ich weiß es doch», sagte er. «Ich weiß, daß es schwach ist, alles Erdenkliche zu tun, nur um einer Szene aus dem Weg zu gehen.»

«Was genau», sagte sie, «bedeutet dir eigentlich Mrs. Holt und du ihr, daß sie eine Szene machen könnte, wenn sie erfährt, daß du eine Verabredung mit einer anderen Frau hast?»

«O Gott!» sagte er. «Ich habe dir doch gesagt, daß mir Connie Holt völlig schnuppe ist. Sie bedeutet mir gar nichts. Willst du jetzt um Gottes willen damit aufhören?»

«Oh, sie bedeutet dir gar nichts», sagte sie. «Ich verstehe. Deshalb hast du sie also nach jedem Wort ‹Schätzchen› genannt.»

«Falls ich das getan habe», sagte er, «dann hab ich's nicht bemerkt. Herrgott, das hat doch nichts zu bedeuten. Es ist nichts als eine – eine Art Nervosität vermutlich. Ich sag es, wenn ich nicht weiß, wie ich jemand anreden soll. Ich nenne sogar das Fräulein vom Amt ‹Schätzchen›.»

«Ganz bestimmt!» sagte sie.

Sie starrten sich an. Es war der junge Mann, der als erster nachgab. Er ging und setzte sich dicht neben sie auf das Sofa, und eine Zeitlang war nur Gemurmel. Dann sagte er: «Hörst du jetzt auf? Hörst du damit auf? Willst du immer genau wie jetzt sein – einfach lieb und so, wie du eigentlich sein solltest, und kein Krach?»

«Ja», sagte sie. «Ehrlich, ich meine es. Wir wollen nie wieder etwas zwischen uns kommen lassen. Wer ist schon Mrs. Holt! Der Teufel soll sie holen.»

«Der Teufel soll sie holen», sagte er. Es herrschte abermals Stille, während der junge Mann mehrere Dinge tat, auf die er sich außerordentlich gut verstand.

Plötzlich machte die junge Frau ihre Arme steif und schob ihn von sich weg.

«Und woher weiß ich», sagte sie, «ob du so, wie du mit mir über Connie Holt sprichst, nicht auch mit ihr über mich sprichst, wenn ich nicht dabei bin? Woher weiß ich das?»

«O mein Gott», sagte er. «O du lieber, gütiger Gott. Gerade, wo alles in Ordnung war. Ach, hör auf damit, Kindchen, bitte. Laß uns einfach ganz ruhig sein. So. Siehst du?»

Etwas später sagte er: «Hör mal, Süßes, wie wäre es mit einem Cocktail? Wäre das nicht eine gute Idee? Ich mach welche. Und möchtest du gerne das Licht anhaben?»

«O nein», sagte sie. «Mir gefällt es besser in der Dämmerung, so wie jetzt. Das ist schön. Dämmerung ist irgendwie so persönlich. Und dabei kann man auch die Lampenschirme nicht sehen. Hobie, wenn du wüßtest, wie ich deine Lampenschirme hasse!»

«Ehrlich?» sagte er mit eher erstaunter als gekränkter Stimme. Er schaute die Schirme an, als sähe er sie zum ersten Mal. Sie waren aus Pergament oder einem ähnlichen Material, und auf jeden war ein Panorama des rechten Seine-Ufers gemalt, in dem die winzigen Fenster der Gebäude, auf Anweisung eines überragenden Geistes, ausgeschnitten waren, damit Licht durchkommen konnte. «Was ist damit, Kit?»

«Liebster, wenn du das nicht weißt, dann kann ich es dir nie erklären», sagte sie. «Unter anderem sind sie abgeschmackt, unpassend und unschön. Sie sind genau das, was Evie Maynard aussuchen würde. Sie glaubt, nur weil sie Ansichten von Paris zeigen, seien sie geradezu wahnsinnig mondän. Sie ist der nicht ungewöhnliche Typ Frau, der jede Anspielung auf *la belle France* für eine Aufforderung zum Tanz hält. ‹Nicht ungewöhnlich.› Wenn das nicht das freundlichste Wortgemälde ist, das je gemalt wurde von dieser –»

«Gefällt es dir denn nicht, wie sie die Wohnung renoviert hat?» sagte er.

«Herzchen», sagte sie, «ich finde es abscheulich. Das weißt du.»

«Möchtest du sie gerne neu herrichten?» sagte er.

«Ganz bestimmt nicht», sagte sie. «Sag mal, Hobie, erinnerst du dich nicht mehr an mich? Ich bin diejenige, die deine Wohnung *nicht* renovieren will. Kannst du mich jetzt wieder einordnen? Aber falls ich es je tatsächlich tun sollte, dann würde ich als erstes die Wände in zartem Hellgrau streichen – nein, vermutlich würde ich zuerst den ganzen Chintz herunterreißen und zum Fenster hinauswerfen, und dann würde ich –»

Das Telefon läutete.

Der junge Mann warf der jungen Frau einen

betreten Blick zu und saß dann regungslos da. Das Schrillen des Apparats zerschnitt die Dämmerung wie eine kleine Schere.

«Ich glaube», sagte die junge Frau mit ausgesuchter Artigkeit, «daß dein Telefon läutet. Laß dich durch mich nicht davon abhalten, es zu beantworten. Im übrigen muß ich mir ohnehin dringend die Nase pudern.»

Sie sprang auf, stürmte durch das Schlafzimmer und ins Badezimmer. Man hörte das Geräusch einer sich schließenden Tür, das Knirschen eines entschlossen umgedrehten Schlüssels und dann unverzüglich das Rauschen von fließendem Wasser.

Als sie nach einer Weile in das Wohnzimmer zurückkehrte, goß der junge Mann gerade eine helle, kalte Flüssigkeit in kleine Gläser. Er reichte ihr eines und lächelte sie über das Glas hinweg an. Es war sein melancholisches Lächeln, eines seiner besten.

«Hobie», sagte sie, «gibt es hier irgendwo in der Nähe einen Reitstall, wo sie wilde Pferde vermieten?»

«Was?» sagte er.

«Denn wenn es das gibt», sagte sie, «dann wünschte ich, du würdest dort anrufen und darum bitten, daß man zehn herüberschickt. Ich möchte dir nämlich beweisen, daß sie mich nicht dazu bringen könnten, zu fragen, wer am Telefon war.»

«Oh», sagte er und nippte an seinem Cocktail. «Ist er trocken genug, Süßes? Du magst sie doch trocken, stimmt's? Ist er dir auch bestimmt recht so? Wirklich? Oh, warte einen Moment, Liebling. Laß *mich* deine Zigarette anzünden. So. Ist es dir auch wirklich recht so?»

«Ich halte das nicht aus», sagte sie. «Ich habe gerade meine ganze Entschlußkraft verloren – vielleicht findet das Dienstmädchen sie morgen früh auf dem Fußboden. Hobart Ogden, wer war das am Telefon?»

«Oh, das?» sagte er. «Tja, das war eine gewisse Dame, die ungenannt bleiben soll.»

«Das sollte sie wohl tatsächlich», sagte sie. «Zweifellos hat sie auch alle anderen Qualitäten einer –. Nun, ich habe es nicht ausgesprochen, ich bewahre kaltes Blut. Ach, Liebster, war das wieder Connie Holt?»

«Nein, das war ja das Komische», sagte er. «Das war Evie Maynard. Wo wir doch gerade von ihr gesprochen haben.»

«Tja ja, tjaja», sagte sie. «Die Welt ist doch klein. Und was geht ihr so durch den Kopf, wenn ich ihr derart schmeicheln darf? Ist ihr Butler auch betrunken?»

«Evie hat keinen Butler», sagte er. Er versuchte wieder zu lächeln, fand es jedoch besser, davon abzulassen und mit Umsicht das Glas der jungen Frau aufzufüllen. «Nein, sie ist nur überspannt, wie immer. Sie gibt eine Cocktailparty in ihrer Wohnung, und jetzt wollen sie alle einen Bummel durch die Stadt machen, das ist alles.»

«Glücklicherweise», sagte sie, «mußtest du ja mit diesen Freunden deiner Schwester ausgehen. Du wolltest gerade aus dem Haus gehen, als sie anrief.»

«Das habe ich überhaupt nicht zu ihr gesagt!» sagte er. «Ich habe gesagt, daß ich eine Verabredung hätte, auf die ich mich schon die ganze Woche gefreut habe.»

«Oh, du hast doch nicht etwa irgendwelche Namen erwähnt?» sagte sie.

«Dazu besteht kein Anlaß, bei Evie Maynard», sagte er. «Das geht sie nichts an, genausowenig wie das, was sie tut und mit wem sie es tut, mich etwas angeht. Sie bedeutet nichts in meinem Leben. Das weißt du. Ich habe sie kaum gesehen, seit sie die Wohnung eingerichtet hat. Es ist mir gleichgültig, ob ich sie wiedersehe. Es wäre mir sogar recht, wenn ich sie nie wiedersehen würde.»

«Ich glaube, das ließe sich einrichten, falls

dir das wirklich am Herzen liegen sollte»,
sagte sie.

«Nun, ich tue, was ich kann», sagte er. «Sie
wollte gleich auf einen Cocktail herkommen,
sie und ein paar von diesen Raumausstatter-
Knaben, die sie bei sich hat, und ich habe klipp
und klar nein gesagt.»

«Und du glaubst, das würde sie abhalten?»
sagte sie. «O nein. Die wird herkommen. Die
und ihre gefiederten Freunde. Laß mich mal sehen – sie müßten eigentlich ziemlich genau in
dem Moment eintreffen, in dem Mrs. Holt es
sich überlegt hat und in die Stadt gekommen
ist. Tja. Das trifft sich ja dann alles zu einem
gemütlichen Abend.»

«Ein toller Abend», sagte er. «Und wenn ich
das sagen darf, du tust alles in deiner Macht
Stehende, um ihn noch schlimmer zu machen,
du kleines Süßes.» Er schenkte wieder Cocktails ein. «Oh, Kit, warum mußt du so gemein
sein? Hör auf, Liebling. Es sieht dir gar nicht
ähnlich. Es steht dir gar nicht.»

«Ich weiß, daß es scheußlich ist», sagte sie.
«Es ist – na ja, ich tue es wohl nur aus Not-
wehr, Hobie. Wenn ich keine gemeinen Dinge
sagen würde, dann würde ich losheulen. Ich
habe Angst zu heulen; es würde so lange dau-
ern, bis ich aufhören könnte. Ich – ach, ich bin

so gekränkt, Lieber. Ich weiß nicht, was ich glauben soll. All diese Frauen. All diese schrecklichen Frauen. Wenn sie vornehm wären, wenn sie nett und freundlich und gescheit wären, dann würde mir das nichts ausmachen. Oder vielleicht doch. Ich weiß es nicht. Ich weiß eigentlich überhaupt nichts mehr. In meinem Kopf dreht sich alles. Ich dachte, was uns verbindet, sei etwas ganz Besonderes. Tja – das war es wohl nicht. Manchmal glaube ich, daß es besser wäre, ich sähe dich nie wieder. Aber dann weiß ich, daß ich das nicht aushalten könnte. Ich bin schon zu tief drin. Ich würde alles tun, um bei dir zu sein! Und darum bin ich für dich nur eine von vielen. Und früher war ich doch an erster Stelle, Hobie – oh, das war ich! Das war ich!»

«Das warst du!» sagte er. «Und das bist du!»

«Und das werde ich immer sein?» sagte sie.

«Und das wirst du immer sein», sagte er, «solange du nur du selbst bist. Bitte sei wieder lieb, Kit. So, Liebling. So, Kindchen.»

Wieder waren sie sich nahe, und wieder war kein Geräusch zu hören.

Das Telefon läutete. Sie zuckten zusammen, als ob sie der gleiche Pfeil durchbohrt hätte. Dann trat die junge Frau langsam zurück.

31

«Weißt du», sagte sie nachdenklich, «das ist meine Schuld. Ich habe das ausgelöst. Ich. Ich war diejenige, die sagte, daß wir uns hier treffen wollten und nicht bei mir zu Hause. Ich habe gesagt, daß wir hier ungestört wären und daß ich mit dir über so viel zu reden hätte. Ich habe gesagt, wir könnten hier ungestört und allein sein. Ja. Das habe ich gesagt.»

«Ich gebe dir mein Wort», sagte er, «daß das verdammte Ding seit einer Woche nicht geläutet hat.»

«Was für ein Glück für mich», sagte sie, «daß ich zufällig hier war, als es das letzte Mal geläutet hat. Ich bin ja auch als Fräulein Glückspilz bekannt. Tja. Oh, bitte nimm doch ab, Hobie. Es macht mich noch viel verrückter, wenn es so weiterläutet.»

«Ich hoffe bei Gott», sagte der junge Mann, «daß sich jemand verwählt hat.» Er drückte sie fest an sich. «Liebling», sagte er. Dann ging er zum Telefon.

«Hallo», sagte er in den Hörer. «Ja? Oh, hallo. Wie geht es dir, Schätzchen – wie geht es dir? Ach, tatsächlich? Oh, das ist aber schade. Ja, siehst du, ich war mit diesen Freunden meiner – ich war ziemlich lange aus. Ach, tatsächlich? Ach, das ist aber schade, Schätzchen, daß du so lange aufgeblieben bist. Nein, das habe ich nicht gesagt, Margot, ich habe gesagt, daß ich vorbeikommen würde, wenn ich es irgendwie einrichten könnte. Genau das habe ich gesagt. Das habe ich. Tja, dann hast du mich mißverstanden. Tja, das mußt du wohl. Also das ist doch kein Grund, verstimmt zu sein. Hör mal, was ich gesagt habe, ich habe gesagt, daß ich kommen würde, falls ich es einrichten könnte, daß ich aber nicht glaube, daß es möglich sein würde. Wenn du mal nachdenkst, dann wirst du dich daran erinnern, Schätzchen. Tja, es tut mir furchtbar leid, aber ich verstehe nicht, weshalb du deswegen so ein Theater machst. Es war doch nur ein Mißverständnis, nichts weiter. Nun beruhige dich doch und sei ein braves kleines Mädchen, ja? Also heute abend kann ich nicht, Schätzchen. Weil ich nicht kann. Tja, ich habe eine Verabredung, die schon seit langer Zeit besteht. Ja. O nein, nichts dergleichen! Jetzt komm aber, Margot! Margot, bitte tu das nicht! Auf keinen Fall! Ich sage dir doch, daß ich nicht da bin. Na schön, dann komm eben, aber ich werde nicht dasein. Hör mal, ich kann nicht mit dir reden, wenn du so bist. Ich rufe dich morgen an, Schätzchen. Ich sage dir doch, ich werde nicht hier sein. Bitte sei vernünftig. Natürlich tue ich das. Schau. Ich muß jetzt los. Ich rufe dich an, Schätzchen. Wiederhören.»

Der junge Mann kam ins Wohnzimmer zurück und schickte seine leicht unsichere
Stimme voraus.

«Wie wär's mit einem weiteren Cocktail,
Süßes?» sagte er. «Meinst du nicht, daß wir
eigentlich –» Durch die zunehmende Dunkelheit sah er die junge Frau. Sie stand aufrecht
und steif da. Ihre Pelzstola war um ihre Schultern geschlungen, und sie zog gerade den zweiten Handschuh an.

«Was soll das?» sagte der junge Mann.

«Es tut mir sehr leid», sagte die junge Frau,
«aber ich muß wirklich nach Hause gehen.»

«Ach, tatsächlich?» sagte er. «Darf ich fragen, warum?»

«Es ist lieb von dir», sagte sie, «genug Neu-
gierde aufzubringen und danach zu fragen.
Vielen herzlichen Dank. Nun, ganz zufällig ist
es so, daß ich das nicht mehr aushalten kann.
Ich glaube, es gibt da irgendwo ein Sprichwort
über einen Krug und einen Brunnen. Es kommt
zweifellos aus dem Chinesischen. Da kommen
sie ja oft her. Na denn, gute Nacht, Hobie, und
vielen Dank für die köstlichen Cocktails. Sie
haben mich wunderbar aufgeheitert.»

Sie streckte ihre Hand aus. Er nahm sie fest
in beide Hände.

«Also jetzt hör mal», sagte er. «Bitte tu das

nicht, Kit. Bitte nicht, Liebling. Bitte. Jetzt bist du wieder genauso wie letzten Mittwoch.»

«Ja», sagte sie. «Und genau aus dem gleichen Grund. Bitte gib mir meine Hand zurück. Danke. Also, gute Nacht, Hobie, und viel Glück weiterhin.»

«Na schön», sagte er. «Wenn du es so haben willst.»

«Haben willst!» sagte sie. «Es ist nicht das, was *ich* will. Ich hatte nur das Gefühl, daß es für dich wohl angenehmer wäre, wenn du allein sein könntest, um deine Telefonanrufe entgegenzunehmen. Bestimmt kannst du mir keinen Vorwurf daraus machen, daß ich mich ein bißchen *de trop* fühle.»

«Herrgott, glaubst du etwa, daß ich mit diesen Närrinnen sprechen will?» sagte er. «Aber was soll ich machen? Den Telefonhörer abnehmen? Möchtest du, daß ich das mache?»

«Das ist einer von deinen guten Tricks», sagte sie. «Ich vermute, daß du das am Mittwochabend gemacht hast, als ich dauernd anrufen wollte, als ich zu Hause Höllenqualen ausstand.»

«Das habe ich nicht gemacht!» sagte er. «Das Amt muß die falsche Nummer angerufen haben. Ich sage dir, ich war die ganze Zeit allein hier, während du weg warst.»

«Das hast du jedenfalls gesagt», sagte sie.

«Ich lüge dich nicht an, Kit», sagte er.

«Das», sagte sie, «ist die empörendste Lüge, die du mir je geboten hast. Gute Nacht, Hobie.»

Nur die Augen und die Stimme des jungen Mannes verrieten seinen Ärger. Sein wundervoll geschwungener Mund verzog sich nicht. Er nahm ihre Hand und beugte sich darüber.

«Gute Nacht, Kit», sagte er.

«Gute Nacht», sagte sie. «Nun, gute Nacht. Es tut mir leid, daß es so enden muß. Aber wenn du es nun einmal anders haben willst – dann willst du es eben anders haben. Du kannst nicht sie und mich zugleich haben. Gute Nacht, Hobie.»

«Gute Nacht, Kit», sagte er.

«Es tut mir leid», sagte sie. «Es ist eigentlich sehr schade. Stimmt's?»

«Du willst es ja so», sagte er.

«Ich?» sagte sie. «Du willst es doch so.»

«Oh, Kit, kannst du das denn nicht verstehen?» sagte er. «Früher hast du es doch verstanden. Weißt du denn nicht, wie ich bin? Ich sage nun mal Dinge, die nichts zu bedeuten haben, nur um des lieben Friedens willen, nur damit es keinen Krach gibt. Das bringt mich eben in Schwierigkeiten. Man braucht es nicht zu tun, ich weiß. Du bist da glücklicher dran als ich.»

«Glücklicher?» sagte sie. «Merkwürdiges Wort.»

«Nun, dann eben stärker», sagte er. «Edler. Ehrlicher. Anständiger. All das. Ach, tu das nicht, Kit. Bitte. Bitte zieh diese Dinger aus und komm und setz dich.»

«Mich setzen?» sagte sie. «Und warten, bis sich die Damen versammeln?»

«Sie kommen nicht», sagte er.

«Woher weißt du das?» sagte sie. «Früher sind sie doch auch hergekommen, stimmt's? Woher weißt du, daß sie heute abend nicht kommen?»

«Ich weiß es nicht!» sagte er. «Ich weiß nicht, was zum Teufel sie tun. Ich weiß ja nicht einmal, was zum Teufel du tust. Und ich habe gedacht, du wärst anders!»

«Ich war anders», sagte sie, «solange du gedacht hast, daß ich anders bin.»

«Ach, Kit», sagte er. «Kit. Liebling. Komm und sei wieder so wie früher. Komm und sei lieb und friedlich. Schau. Laß uns noch einen Cocktail trinken, nur auf uns, und dann laß uns in ein ruhiges Lokal zum Essen gehen, wo wir reden können. Wollen wir?»

«Tja –», sagte sie. «Wenn du meinst –»

«Das meine ich», sagte er.

Das Telefon läutete.

«O mein Gott!» kreischte die junge Frau. «Geh und nimm ab, du verdammter – du verdammter *Deckhengst*!»

Sie stürzte zur Tür, öffnete sie und war fort. Sie war schließlich anders. Sie schlug die Tür weder zu, noch ließ sie sie sperrangelweit offen.

Der junge Mann stand da, und er schüttelte langsam seinen bemerkenswerten Kopf. Wiederum langsam drehte er sich um und ging ins Schlafzimmer.

Er sprach in den Telefonhörer, zunächst trübsinnig, dann schien er am Hören und am Sprechen gleichermaßen Gefallen zu finden. Er benutzte einen Frauennamen als Anrede. Es war nicht Connie; es war nicht Evie; es war nicht Margot. Mit glühenden Worten beschwor er die Unsichtbare, sich mit ihm zu treffen; lau willigte er ein, an Ort und Stelle ihr Kommen zu erwarten. Er beschwor sie dann, seine Klingel erst dreimal und dann zweimal zu betätigen, um eingelassen zu werden. Nein, nein, nein, sagte er, dies war nicht aus einem Grund, der ihr in den Sinn gekommen sein mochte; es war nur so, daß ein Geschäftsfreund von ihm davon gesprochen habe, vorbeizuschauen, und er sichergehen wolle, daß keine derartigen ungebetenen Gäste kämen. Er sprach von seinen Erwartungen, ja seinen Verheißungen, eines angenehmen und friedlichen Abends. Er sagte «auf Wiedersehen», und er sagte «Schätzchen».

Der sehr gut aussehende junge Mann legte den Hörer auf und sah lange auf das Zifferblatt seiner Armbanduhr, das nun schwach leuchtete. Er schien zu rechnen. So lange für eine junge Frau, um zu Hause anzukommen und sich auf die Couch zu werfen, so lange für Tränen, so lange für Erschöpfung, so lange für Reue, so lange für wiedererwachende Zärtlichkeit. Nachdenklich nahm er den Hörer von der Gabel und legte ihn auf das Tischchen.

Dann ging er in das Wohnzimmer und verscheuchte die Dunkelheit mit den winzigen Strahlen, die durch die kleinen offenen Fenster in den Panoramen von Paris fielen.

Trost und Licht

(Lady with a Lamp)

Mensch, Mona! Mensch, du armes krankes Hühnchen, du! Ach, wie klein und weiß und *klein* du aussiehst, ja, doch, wie du da liegst in diesem Riesenbett. Das ist wieder typisch du – gehst hin und siehst aus wie ein Kindchen und kannst einem leid tun, und kein Mensch brächte es übers Herz, mit dir zu schimpfen. Und dabei müßte ich mit dir schimpfen, Mona. O ja, das müßte ich sehr wohl. Sagst mir gar nicht, daß du krank bist. Kein Wort davon zu deiner ältesten Freundin. Liebling, du weißt sehr gut, daß ich Verständnis gehabt hätte, egal was du getan hast. Was ich meine? Wieso, was meinst *du* denn mit was ich meine, Mona? Aber sicher, wenn du lieber nicht darüber reden – Nicht einmal mit deiner ältesten Freundin. Ich wollte *nur* sagen, du weißt sehr gut, daß ich immer für dich da bin, egal was kommt. Ich gebe ja zu, manchmal finde ich es etwas schwer zu begreifen, wie in aller Welt du in so eine – na ja. Meine Güte, ich möchte dich jetzt nicht anmeckern, wo du so krank bist.

Schon gut, Mona, dann bist du eben *nicht*

krank. Wenn das deine Ansicht ist, sogar mir gegenüber, schön, in Ordnung, meine Liebe. Höchstwahrscheinlich muß man fast zehn Tage das Bett hüten, wenn man gar nicht krank ist, und höchstwahrscheinlich sieht man auch so aus wie du, wenn man gar nicht krank ist. Nur die Nerven? Du warst einfach völlig erschöpft? A ja. Ach, Mona, Mona, spürst du denn nicht, mir kannst du doch vertrauen.

Schön, wenn du so zu mir sein möchtest, dann möchtest du eben so sein. Ich werde nicht mehr darüber reden. Ich finde lediglich, du hättest mir sagen können, daß du eine – äh, daß du so *übermüdet* warst, so soll ich es ja wohl nennen. Wieso, ich hätte doch nie ein Wort erfahren, wenn ich nicht zufällig mit Alice Patterson zusammengerannt wäre und die mir nicht gesagt hätte, daß sie bei dir angerufen hat und daß dieses Mädchen da bei dir gesagt hat, daß du seit zehn Tagen krank im Bett liegst. Natürlich, ich fand es auch etwas komisch, daß ich nichts mehr von dir gehört habe, aber du weißt ja selber, wie du bist – du läßt einen einfach sausen, Wochen vergehen wie, na ja, eben Wochen, und von dir kein Lebenszeichen. Gott, ich hätte schon x-mal tot sein können, und du hättest es gar nicht mitgekriegt. Zwanzigmal. Na, ich will nicht mit dir schimpfen, wenn du krank bist, aber Hand aufs Herz, Mona, dieses Mal habe ich mir gesagt: «So, jetzt soll sie auch mal warten, daß ich mich melde. Ich habe oft genug eingelenkt, das weiß der Himmel. Jetzt soll *sie* mal zuerst anrufen.» Wirklich und wahrhaftig, das habe ich gesagt!

Und dann traf ich Alice und kam mir schäbig vor, ganz gemein. Und jetzt sehe ich dich da liegen – Mensch, ich fühle mich wie ein Schweinehund. Das machst du nämlich mit Leuten, sogar wenn du im Unrecht bist, wie üblich, du kleines Biest, du! Ach, der arme Liebling! Fühlt sich so gräßlich, ja?

Ach, hör doch auf, hier die Tapfere zu spielen, Kind. Vor mir doch nicht. Gib dich drein – das hilft nämlich sehr. Erzähl mir einfach die ganze Geschichte. Du weißt, ich werde kein Wort sagen. Jedenfalls solltest du das wissen. Als Alice mir erzählte, dieses Mädchen da von dir hätte gesagt, du wärst völlig erschöpft und deine Nerven wären im Eimer, da habe ich natürlich nichts gesagt, aber gedacht habe ich mir: «Tja, anders könnte Mona das gar nicht nennen. Vermutlich ist das die beste Ausrede, die ihr einfällt.» Und *ich* würde sie selbstverständlich nie anzweifeln – aber es wäre vielleicht doch besser gewesen, du hättest eine

Grippe oder eine Lebensmittelvergiftung vorgeschützt. Schließlich bleibt man nicht bloß wegen der Nerven zehn Tage im Bett. Schon gut, Mona, dann tut man das. Dann tut man das. Jawohl, Liebes.

Oh, allein der Gedanke, was du durchgemacht hast und wie du hier allein rumkrauchst wie ein wundes Tierchen oder so. Und nur diese farbige Edie soll für dich sorgen. Liebling, müßtest du nicht eine ausgebildete Krankenschwester haben, ich meine, wirklich? Da gibt es doch bestimmt einiges, was man für dich tun müßte. Wieso, Mona! Mona, bitte! Liebes, du brauchst dich nicht so aufzuregen. Also schön, meine Liebe, ganz wie du meinst — gar nichts muß man für dich tun. Ich habe mich geirrt, sonst nichts. Ich hatte einfach nur überlegt, daß man nach einer — O nein, das mußt du doch nicht machen. Du darfst niemals sagen, es tut dir leid, nicht *mir* gegenüber. Ich verstehe das doch. Ehrlich gesagt habe ich ja mit Freuden gehört, wie du in Wut gerätst. Es ist ein gutes Zeichen, wenn kranke Leute zickig werden. Das heißt, sie sind auf dem Wege der Besserung. Oh, ich weiß! Mach du nur weiter und sei zickig, soviel du willst.

Sag mal, wo soll ich mich denn hinsetzen? Ich möchte irgendwo sitzen, wo du dich nicht umdrehen mußt, um dich zu unterhalten. Du bleibst genauso da liegen, und ich – Weil du dich bestimmt nicht so viel bewegen sollst. Das ist mit Sicherheit schädlich. Schon gut, Liebes, du kannst dich bewegen, soviel du willst. Schon gut, ich bin wohl verrückt. Dann bin ich eben verrückt. Wir wollen es dabei belassen. Nur bitte, bitte, reg dich nicht so auf.

Ich hole nur mal eben den Stuhl hier und stelle ihn – uhps, entschuldige, jetzt bin ich ans Bett gepoltert – ich stell ihn hierher, wo du mich im Blick hast. So. Aber erst mal will ich dir noch die Kissen aufschütteln, bevor ich mich niederlasse. Nein, die sind bestimmt *nicht* in Ordnung so, Mona. So wie du die verwurschtelt und verzogen hast in den letzten Minuten. Jetzt paß mal auf, Herzchen, ich helfe dir, dich hochzusetzen, ga-a-anz gaa-anz sa-a-achte. Ja-ah. Natürlich kannst du dich auch allein hochsetzen, Liebes. Aber selbstverständlich. Das hat doch auch niemand bezweifelt. Käme doch niemandem in den Sinn. So, ja, jetzt sind die Kissen wieder kuschelig und hübsch, und du legst dich schön wieder hin, bevor du dir erst was tust. Ist das etwa nicht besser jetzt? Na, das will ich doch meinen!

Augenblick mal, ich hole noch mein Nähzeug. O ja, ich hab es mitgebracht, damit wir es uns richtig gemütlich machen können. Findest du es wirklich hübsch, Hand aufs Herz? Das freut mich aber. Es ist ja nur ein Deckchen fürs Tablett, weißt du. Aber man hat einfach nie genug davon. Macht auch furchtbar viel Spaß, sie zu nähen, diese Kante hier – und geht so schnell. Oh, Mona, Liebes, so oft denke ich, wenn du doch auch dein eigenes Heim und alle Hände voll zu tun hättest, kleine hübsche Sachen wie die hier, das würde dir so *gut* tun. Ich mache mir solche Sorgen um dich, hier in dieser winzigen möblierten Wohnung, und nichts drin, was dir gehört, keine Wurzeln, gar nichts. Das ist nicht das Richtige für eine Frau. Das ist völlig falsch für eine Frau wie dich. Ach, wenn du doch bloß über diesen Garry McVicker wegkommen könntest! Wenn du nur einen lieben, netten, vernünftigen Mann kennenlernen und heiraten könntest und deine eigene schöne Umgebung hättest – bei deinem *Geschmack*, Mona! – und vielleicht ein paar Kinder. Du bist einfach großartig zu Kindern. Was denn, Mona Morrison, weinst du etwa? Ach, du bist erkältet? Erkältet *auch* noch? Ich dachte gerade, du weinst, eine Sekunde lang. Möchtest du nicht mein Taschentuch haben, Lämmchen? Ah, so, du hast deine eigenen. Du tust es ja nicht unter einem Chiffontaschentuch in Rosé, du Schnepfe! Warum nimmst du denn nicht die Abschminktücher im Bett, sieht dich doch sowieso kein Mensch! Du Dusselchen, du! Extravagantes Dummchen!

Nein, jetzt aber mal im Ernst. Ich habe oft zu Fred gesagt: «Ach, wenn wir Mona bloß unter die Haube bekämen!» Ehrlich, du weißt ja nicht, wie sich das anfühlt, wenn du einfach ganz sicher und geschützt bist, mit deinem eigenen gemütlichen Zuhause und eigenen behüteten Kindern, und dein eigener reizender Mann kommt Abend für Abend zu dir nach Hause. Das ist *Leben* für uns Frauen, Mona. Was du gemacht hast, ist doch schrecklich. Läßt dich bloß so treiben, sonst gar nichts. Was kann dir da alles zustoßen, Liebes, was soll denn aus dir werden? Aber nein – du denkst nicht mal daran. Du machst einfach drauflos und gehst und verliebst dich in diesen Garry da. Tja, meine Liebe, das mußt du mir lassen – ich habe von Anfang an gesagt: «Der heiratet die nie.» Das weißt du. Wie bitte? An Heirat habt ihr nie gedacht, du und Garry? Also, Mona, jetzt hör mir mal zu! Jede Frau auf der Welt denkt an Heirat, sobald sie einen Mann liebt. Jede Frau, und mir ist ganz egal, wer sie ist.

Ach, wärst du doch verheiratet! Dann wäre alles ganz anders. Ich glaube, ein Kind würde

Wunder wirken, Mona. Der Himmel weiß, ich kann mit diesem Garry ja kein normales Wort wechseln, nach allem, was er dir angetan hat – und keiner von deinen Freunden kann das, das weißt du sehr gut –, aber ich kann dir sagen, Hand aufs Herz, falls der dich heiratet, würde ich das alles zu den Akten legen und einfach ganz ganz glücklich sein, für dich. Wenn du ihn *unbedingt* willst. Ich will auch gern zugeben, so hübsch, wie du bist, und bei seinem blendenden Aussehen müßtet ihr einfach umwerfende Kinder haben. Mona, Schätzchen, du hast aber wirklich einen dicken Schnupfen, was? Soll ich dir nicht noch ein Taschentuch holen? Wirklich nicht?

Es macht mich einfach krank, daß ich überhaupt keine Blumen mitgebracht habe. Aber ich hatte gedacht, die Wohnung ist voll davon. Na, ich werde auf dem Nachhauseweg anhalten und dir welche schicken lassen. Sieht ja zu trist hier aus, ohne eine Blume im Zimmer. Hat Garry dir gar keine geschickt? Ach, er wußte nicht, daß du krank bist? Wieso, schickt er denn sonst keine? Hör mal, hat der gar nicht angerufen die ganze Zeit und mitgekriegt, ob du krank bist oder nicht? Die ganzen zehn Tage nicht? Na ja, aber hast du denn nicht angerufen und es ihm gesagt? Also wirklich,

Mona, man *kann's* auch übertreiben mit der Heldenrolle. Der soll sich ruhig ein paar Sorgen machen, Liebes. Das tut dem mal ganz gut. Vielleicht liegt *da* das Problem – *du* hast dir immer alle Sorgen für euch beide gemacht. Keine Blumen geschickt! Nicht mal angerufen! Na, *dem* jungen Mann würde ich gern mal ein paar passende Worte erzählen. Schließlich hat er das hier zu verantworten.

Er ist weg? *Was* ist er? So, nach Chicago gefahren, vor zwei Wochen. Nun ja, ich dachte allerdings, ich hätte überall gehört, daß zwischen hier und Chicago bereits Telefonkabel gespannt sind, aber natürlich – man würde meinen, wenn er zurück ist, wäre es das Mindeste, was er mal tun könnte, daß er was für dich tut. Er ist noch nicht zurück? Er ist noch nicht wieder *hier*? Mona, was willst du mir eigentlich weismachen? Weil, gerade vorgestern abend – Erzählt dir, er meldet sich, sobald er wieder zu Hause ist? Von allen niederträchtigen Gemeinheiten, die ich je mitbekommen habe, ist das wirklich die – Mona, Liebes, bitte, leg dich wieder hin. Bitte. Wieso, gar nichts habe ich gemeint. Ich weiß nicht, was ich sagen wollte, im Ernst, das war sicher nichts. Um Himmels willen, laß uns über etwas anderes reden.

Warte mal. Ja, du mußt unbedingt Julia Posts Wohnzimmer sehen, wie sie es jetzt gemacht hat. Braune Wände – nicht beige, weißt du, oder hautfarben oder sonstwas, sondern richtig braun – und dazu diese cremefarbenen Taftvorhänge und – Mona, ich sage dir doch, ich weiß absolut nicht, was ich eben sagen wollte. Es ist vollkommen weg. Da kannst du mal sehen, wie unbedeutend es war. Liebes, bitte, bleib still liegen und versuch, dich zu entspannen. Bitte, vergiß diesen Mann überhaupt mal für ein paar Minuten. Kein Mann ist es wert, daß man sich derart echauffiert. Siehst du das vielleicht bei *mir*? Du kannst nämlich nicht erwarten, daß du schnell wieder besser wirst, wenn du dich so aufregst. Das weißt du doch.

Bei welchem Arzt warst du eigentlich, Liebling? Oder willst du das nicht sagen? Bei deinem? Bei deinem Doktor Britton? Ist das dein Ernst? Also, bestimmt, ich hätte nie gedacht, daß der so was – Ja, Liebes, natürlich ist er Nervenspezialist. Jawohl. Ja, Liebes. Ja, Liebes, natürlich hast du völliges Vertrauen zu ihm. Ich wünschte nur, zu mir auch, gelegentlich; nachdem wir zusammen zur Schule gegangen sind und alles. Du müßtest eigentlich wissen, daß ich ganz und gar auf deiner Seite

49

bin. Ich wüßte nicht, was du sonst hättest machen sollen. Du hast ja zwar immer gesagt, für ein Baby würdest du alles aufgeben, aber es wäre doch auch furchtbar unfair gegenüber dem Kind, wenn man es in die Welt setzen würde und nicht verheiratet wäre. Du müßtest ins Ausland gehen und könntest niemanden mehr sehen und – Aber selbst dann, irgendwer würde es mit Sicherheit irgendwann ausplaudern. Machen die doch immer. Du hast das einzig Mögliche getan, finde *ich*. Mona, um Himmels willen! Schrei doch nicht so. Ich bin ja nicht taub. Schon gut, Liebes, schon gut, schon gut, schon gut. Schon gut, selbstverständlich glaube ich dir. Natürlich nehme ich dir das ab. Jedes Wort. Nur versuch bitte, ruhig zu bleiben. Leg dich jetzt wieder hin und ruh dich aus und genieß die Unterhaltung.

Jetzt hack doch nicht dauernd darauf herum. Ich habe dir hundertmal gesagt, mindestens, ich wollte überhaupt gar nichts sagen. Ich schwöre dir, ich kann mich nicht erinnern, *was* ich sagen wollte. «Vorgestern abend?» Wann habe ich denn «vorgestern abend» gesagt? So was habe ich nie – Also gut. Vielleicht ist es besser so, Mona. Je mehr ich darüber nachdenke, desto mehr finde ich, es ist viel besser für dich, wenn du es von mir hörst. Denn irgend jemand *muß* es dir sagen. Solche Sachen kommen immer raus. Und du hörst es ja doch auch lieber von deiner ältesten Freundin, nicht? Und der liebe Herrgott weiß, ich wäre zu allem fähig, wenn ich dir nur die Augen öffnen könnte, was das in Wirklichkeit für ein Mann ist! Du mußt dich nur entspannen, Liebling. Einfach meinetwegen. Liebes, Garry ist nicht in Chicago. Fred und ich haben ihn vor zwei Abenden im *Comet Club* tanzen sehen. Und Alice hat ihn Dienstag im *El Rhumba* gesehen. Und ich weiß nicht, wie viele Leute erzählt haben, sie hätten ihn im Theater oder in Nachtclubs oder sonstwo gesehen. Also, in Chicago kann er höchstens einen Tag oder so gewesen sein – falls er überhaupt hingefahren ist.

Nun, mit *ihr* war er da, als wir ihn sahen, Herzchen. Offenbar ist er die ganze Zeit mit ihr zusammen; kein Mensch sieht ihn je mit jemand anders. Du mußt dich wirklich damit abfinden, Liebes; das ist jetzt das einzige. Ich höre überall, daß er ihr regelrecht in den Ohren liegen soll, damit sie ihn heiratet, aber ich weiß nicht, inwieweit das stimmt. Ich begreife wirklich nicht, warum er das wollen sollte, aber bei so einem Mann weiß man ja sowieso nie, was er tut und läßt. Es geschähe ihm allerdings recht, wenn er sie kriegte, wenn du *mich* fragst. Der würde sich ganz schön umgucken. Die würde sich nämlich seinen Quatsch nicht bieten lassen. Die würde sich den schon zurechtbiegen. Die ist gar nicht dumm.

Aber, uh, so *ordinär*. Als wir sie neulich abend sahen, dachte ich: «Ja, die sieht einfach billig aus und sonst gar nichts.» Aber offensichtlich mag er das gerade. Ich muß schon sagen, er sah ja blendend aus. Sah glaube ich nie besser aus. Natürlich, du weißt ja, was ich von ihm halte, aber ich habe auch immer zugeben müssen, daß er einer der schönsten Männer ist, die ich im Leben gesehen habe. Ich kann schon verstehen, daß er auf alle Frauen anziehend wirkt – am Anfang. Bis sie dann mitkriegen, wie er in Wirklichkeit ist. Oh, wenn du ihn hättest sehen können, mit dieser gräßlichen gewöhnlichen Kreatur, der kriegte seine Augen gar nicht von ihr weg und hing an jedem Wort, das sie sagte, als wenn es Perlen wären! Ich fand es einfach – – –

Mona, Engelchen, *weinst* du etwa? Also, Liebling, das ist nun wirklich albern. Dieser Mann ist keinen weiteren Gedanken wert. Du hast viel zuviel an ihn gedacht, das ist das Problem. Drei Jahre! Drei der besten Jahre deines Lebens hast du ihm geschenkt, und die ganze

Zeit hat er dich hintergangen mit dieser Frau. Denk doch nur mal zurück, was du alles durchgemacht hast – und immer und immer und immer wieder hat er dir versprochen, daß er sie aufgibt; und du, du armes Dusselchen, du hast ihm immer wieder geglaubt, und er ist sofort wieder zu ihr gegangen. Und *alle* haben es gewußt. Stell dir das mal vor, und dann versuch noch mal, mir weiszumachen, daß der Mann *eine* Träne wert ist! Wirklich, Mona! Ich an deiner Stelle hätte mehr Stolz.

Weißt du, eigentlich bin ich froh, daß es passiert ist. Ich bin wirklich froh, daß du es weißt. Das war ein bißchen zu happig diesmal. In Chicago, also wirklich! Will sich melden, sowie er wieder hier ist! War doch wirklich das Freundlichste, was man für dich tun konnte, daß man es dir sagt und dich wieder zur Vernunft bringt. Ich bedaure nicht, daß ich es war, nicht eine Sekunde. Wenn ich mir vorstelle, wie der sich draußen goldene Zeiten macht, und du liegst hier drin, todkrank, und nur wegen ihm, ich könnte ihn – Jawohl, wegen ihm. Auch wenn es keine – ich meine, auch wenn ich mich geirrt haben sollte, als ich sofort sicher war, was mit dir los ist, weil du so ein Geheimnis um dein Kranksein gemacht hast, er hat dich in einen Nervenzusammenbruch getrieben, und das ist ja wohl schlimm genug. Bloß wegen diesem Mann! So ein Stinktier! Du schlägst dir den jetzt endlich aus dem Kopf.

Wieso, natürlich kannst du, Mona. Du brauchst dich einfach nur zusammenzureißen, Kindchen. Sag dir einfach: «Gut, ich habe drei Jahre meines Lebens vergeudet, und jetzt ist Schluß.» Mach dir nur nie wieder Sorgen um *ihn*. Er macht sich weiß Gott keine um dich, Liebling.

Du bist nur so erregt, weil du so schwach und krank bist, Liebes. Ich weiß. Aber bald bist du wieder gesund. Du kannst noch etwas aus deinem Leben machen. Du mußt, Mona, das weißt du. Denn letzten Endes – ich meine, natürlich hast du nie lieblicher ausgesehen, das meine ich nicht; aber du – ich meine, du wirst auch nicht jünger. Und hier hast du deine Zeit aus dem Fenster geworfen, du hast dich nie mit deinen Freunden getroffen, bist nie ausgegangen, hast niemand Neues kennengelernt, du hast immer nur hier gesessen und darauf gewartet, daß Garry anrief oder Garry kam – wenn er gerade nichts Besseres vorhatte. Drei Jahre lang hattest du keinen anderen Gedanken im Kopf als diesen Mann. Jetzt vergiß ihn endlich.

Ach, Kleines, das ist aber nicht gut für dich,

wenn du so weinst. Bitte, laß es. Der ist nicht mal wert, daß man über ihn redet. Guck dir doch die Frau an, in die er verliebt ist, dann kannst du sehen, was für eine Sorte er ist. Du warst viel zu gut für ihn. Du warst viel zu lieb zu ihm. Du warst zu nachgiebig. Im selben Moment, wo er dich hatte, hat er dich nicht mehr gewollt. So einer ist das. Quatsch, er hat dich nie mehr geliebt als –

Mona, nicht! Mona, hör auf! Bitte, Mona! Du darfst nicht so reden, du darfst so etwas nicht sagen. Du mußt aufhören zu weinen, sonst wirst du noch richtig krank. Hör auf, oh, hör auf damit, oh, hör bitte auf! Gott, was soll ich denn mit ihr machen? Mona, Liebes. Mona! Oh, wo um Himmels willen ist denn dieses dämliche Mädchen?

Edie. Oh. Edie! Edie, ich glaube, Sie müssen sofort Dr. Britton anrufen und ihm sagen, er soll herkommen und Miss Morrison etwas zum Beruhigen geben. Ich fürchte, sie ist ein bißchen aus der Fassung.

Morgenstund hat Gift im Mund

(The Little Hours)

Was ist das denn jetzt? Worauf soll diese ganze
Dunkelheit hier eigentlich hinauslaufen? Sie
haben mich ja wohl nicht lebendig begraben,
bloß weil ich mich gerade mal umgedreht
habe, oder? So, und du denkst, *das* sähe ihnen
ähnlich! Ach nein, ich weiß, was los ist. Ich bin
wach geworden. Das ist los. Ich bin mitten in
der Nacht aufgewacht. Na, ist das nicht nett.
Ist das nicht einfach hinreißend. Punkt zwanzig nach vier, exakt, und hier haben wir unser
Püppchen mit großen Augen, rund wie Son-
nenblumen. Nun sieh dir das an, los. Just wenn
alle anständigen Leute ins Bett gehen, muß ich
wach werden. Da kann ja nichts von werden,
bei *der* Methode. Das stinkt, wie eine Unge-
rechtigkeit überhaupt nur stinken kann. *Das*
erzeugt nämlich den Haß und das ganze Blut-
vergießen, genau das.

Ja, und soll ich dir mal sagen, was mich in
diesen Schlamassel gebracht hat? Daß ich um
zehn Uhr ins Bett gegangen bin, das war's. Das
ist der Ruin persönlich. Z-e-h-n-Leertaste-
groß-U-h-r gleich Ruin. Wer mit den Hühnern

schlafen geht, sich besser gleich im Grab umdreht. Vor elf ins Bett macht meschugge und fett. Vor morgens ins Bett, das bringt kein Kadett. Um zehn Uhr, nach einem geruhsamen Leseabend. Lesen – halt, das ist auch so eine Einrichtung. Tja, ich würd sofort das Licht anknipsen und lesen, augenblicklich, wenn mich nicht ausgerechnet das Lesen in diese Lage gebracht hätte. Da kann man mal sehen. Gott, welch bitt're Not auf Erden bewirkt das Lesen! Das weiß ja Gott weiß wer – jeder wer, der wer *ist*. Alle großen Geister haben jahrelang keine Zeile mehr gelesen. Sieh dir doch an, wie La Rochefoucauld die Kurve gekriegt hat. Er hat gesagt, wenn niemand je lesen gelernt hätte, dann wären auch nur sehr wenige verliebt. Das war ein *Prachtkerl*, und so hat er das gesehen. Eins zu null für Sie, La Rochefoucauld, nur weiter so, Bürschchen. Ich wünschte, ich hätte nie lesen gelernt. Ich wünschte, ich hätte nie gelernt, mich auszuziehen. Dann säße ich nämlich jetzt nicht hier in der Tinte um halb fünf morgens. Wenn niemand je gelernt hätte, sich auszuziehen, dann wären auch nur sehr wenige Leute verliebt. Nein, seins ist besser. Na klar, die Welt gehört dem Manne.

La Rochefoucauld, der ruht jetzt still wie ein Stein, und ich bin hier am Wälzen und Wühlen! Dies ist wirklich nicht die Zeit dafür, wegen La Rochefoucauld an die Decke zu gehen. Es kann sich sowieso nur um Minuten handeln, und La Rochefoucauld hängt mir zum Hals raus, ein für allemal. La Rochefoucauld hier, La Rochefoucauld da. Ja, also ich will dir mal was sagen, wenn niemand je zitieren gelernt hätte, dann wären auch nur wenige in La Rochefoucauld verliebt. Wetten, daß du keine zehn Wesen kennst, die ihn ohne Strohmann gelesen haben? Die Leute haben es doch alle aus diesen gelahrten kleinen Essays, die immer mit: «War das nicht der liebenswerte alte Zyniker La Rochefoucauld, der gesagt hat ...» anfangen, und dann kommen sie an und tun so, als ob sie den Meister rückwärts kennten. Analphabetenpack, alle, wie sie da sind. Schon recht, sollen sie ihren La Rochefoucauld behalten, als ob mir das was ausmacht. Ich halte mich an Lafontaine. Ich wäre allerdings auch gesellschaftsfähiger, wenn ich endlich das Gefühl nicht mehr hätte, daß Lafontaine mit Alfred Lunt verheiratet war.

Ich weiß gar nicht, was soll das überhaupt, daß ich mich um diese Zeit mit einer Bande von französischen Schriftstellern hier herumtreibe? Das führt ja doch bloß dazu, daß ich gleich die *Fleurs du mal* herbete, und viel menschenfreundlicher werde ich davon auch nicht. Und von Verlaine werde ich sowieso die Finger lassen, der war ja ewig hinter Rimbaud her. Da ist man sogar mit La Rochefoucauld besser bedient. Ähh, der verdammte La Rochefoucauld. Durch und durch welsch. Ich wäre ihm dankbar, wenn er mir aus dem Kopf bliebe. Was hat der hier überhaupt zu suchen? Wer ist schon La Rochefoucauld für mich, was ist er für Hekuba? Also, ich kenne nicht einmal seinen Vornamen, so eng bin ich nämlich mit dem. Was soll ich hier eigentlich, La Rochefoucaulds Herbergsmutter abgeben? Das hätte er wohl gern. Sachta. Tja, er vergeudet seine Zeit, wenn er weiter hier herumhängt. Da kann ich ihm auch nicht helfen. Das einzige, was ich sonst noch von ihm kenne, ist dieser Spruch mit der kleinen Freude, die wir immer verspüren angesichts der Mißgeschicke auch unserer liebsten Freunde. Und da ist bei mir Sense mit Monsieur La Rochefoucauld. *Maintenant c'est fini, ça!*

Liebste Freunde. Einen reizenden Haufen liebster Freunde hab ich, allerdings. Die liegen jetzt alle im gemeinsten Vollrausch, während ich hier praktisch an Wachheit eingehe. Die schlummern alle süß und benommen durch diese Stunden, die strahlendsten des Tages, wenn der Mensch am schaffensfrohesten sein sollte. Schaffe, schaffe, schaffe, denn ich sage dir, die Nacht bricht an. Hat Carlyle gesagt. Ja, das war auch so ein besonders feiner Vertreter, spuckt große Töne über das Schaffen. *Hei*, Thomas Car-*lie*-ll, ich *weiß* da was von *die*-rr! Nein, das reicht jetzt. Ich werde mir nicht auch noch an Carlyle die Zähne ausbeißen, so haben wir nicht gewettet. Was hat der überhaupt je Großes geschafft, außer ein Indianer-College zu gründen? (Das müßte ihm den Garaus machen.) Der soll seine Nase hier nicht reinstecken, falls er weiß, was für ihn gut ist. Ich habe schon genug Scherereien mit diesem liebenswerten alten Zyniker, La Rochefoucauld – ihm und seinen Mißgeschicken und liebsten Freunden!

Als erstes muß ich jetzt mal in die Gänge kommen und einen kompletten neuen Satz liebster Freunde zusammentrommeln; das zuallererst. Alles andere kann warten. Würde vielleicht irgendwer die Freundlichkeit besitzen und mir mitteilen, wie ich irgendwen Neues kennenlernen soll, wenn mein gesamtes Lebensmuster aus den Fugen ist – wenn ich als einziges Lebewesen wach bin, während der Rest der Welt im Tiefschlaf liegt? Ich muß das wieder hinbiegen. Ich muß jetzt auf der Stelle versuchen, wieder einzuschlafen. Ich muß mich den korrupten Maßstäben dieser schlaftrunkenen Gesellschaft anpassen. Die Leute dürfen nicht das Gefühl haben, sie müßten ihre zerstörerischen Angewohnheiten ändern und sich nach mir richten. O nein, nein; nein wirklich nicht. Überhaupt nicht. Ich werde mich nach ihnen richten. Wenn das nicht *die* Musterfrau gibt! Immer tun, was irgendwer anders will, ob's dir paßt oder nicht. Und nie fähig, mal eine eigene Idee auch nur zu murmeln.

Und was für eine Idee hat irgendwer zu murmeln betreffs der Frage, wie ich sanft in Schlummer zurückschwinge? Hier liege ich, hellwach wie der lichte Tag, geschüttelt und geschaukelt mit La Rochefoucauld. Denn das kann man nun wirklich nicht von mir erwarten, daß ich alles stehen- und liegenlasse und anfange, Schäfchen zu zählen, in meinem Alter. Ich hasse Schafe. Ist wohl Mangel an Zartgefühl, aber all mein Lebtag habe ich Schafe gehaßt. Das grenzt schon an Phobie, wie ich sie hasse. Ich merke sofort, wenn eins im Zimmer steht. Die sollen sich bloß nicht einbilden, ich liege hier im Dunkeln und zähle ihre abscheulichen kleinen Gesichter für sie; und wenn ich bis Mitte nächsten August nicht wieder einschlafen können sollte. Angenommen, sie würden nie gezählt werden – was könnte da schlimmstenfalls passieren? Wenn die Zahl der imaginären Schafe dieser Welt eine ungelöste Frage bliebe, wer würde davon reicher oder ärmer? Nein, Chef; *ich bin nicht* deren Buchhüter. Die sollen sich doch selber zählen, wenn sie so wahnsinnig scharf auf Mathematik sind. Sollen doch ihre Dreckarbeit alleine machen. Kommen hierher und hampeln rum, um diese Zeit, und verlangen von mir, daß ich sie zähle! Und dann sind sie noch nicht mal richtige Schafe. Also das ist das Absurdeste, was ich im Leben gehört habe.

Aber irgend etwas *muß* es doch geben, was ich zählen könnte. Mal sehen. Nein, ich weiß bereits im Schlaf, wie viele Finger ich habe. Ich könnte allerdings meine Rechnungen zählen. Ich könnte alles aufzählen, was ich gestern nicht erledigt habe, aber hätte sollen. Ich könnte aufzählen, was ich heute erledigen müßte und nicht werde. Ich werde nie etwas fertigkriegen; ich bin mir darüber vollkommen im klaren. Ich werde nie berühmt. Nie wird mein Name in großen Lettern auf der Liste der Macher auftauchen, die es geschafft haben. Ich schaffe nichts. Nicht das Geringste. Früher habe ich noch Nägel gekaut, jetzt tue ich das auch nicht mehr. Ich bin nicht mal das

Pulver wert, mit dem ich mich in die Hölle sprengen könnte. Ich bin inzwischen nichts weiter als ein Wrack. La Paloma, ojé! – das bin ich, von jetzt an. Gott, ist das alles entsetzlich.

Nun ja. Hier lang haben wir die galoppierende Melancholie. Vielleicht liegt's ja daran, daß dies die Stunde Null ist. Dies ist die Zeit, in der die zage Seele schwanket im Taumel zwischen Tag und Tau und waget nicht, dem neuen Tage fest ins Aug zu blicken noch den alten wieder heraufzubeschwören. Dies ist die Zeit, in der alle Dinge, bekannte wie verborgene, zum eisernen Menetekel für den Geist werden; in der alle Wege, befahrene oder jungfräuliche, unter den stolpernden Füßen wegsacken, in der alles nur noch schwarz wird vor überreizten Augen. Diese Schwärze jetzt, überall Schwärze. Dies ist die Zeit der Ruchlosigkeit, die Schreckensstund des siegesreichen Dunkels. Denn stets ist es am dunkelsten – War das nicht der liebenswerte alte Zyniker, La Rochefoucauld, der gesagt hat, daß es immer am dunkelsten ist vor der Sintflut?

Da. Da hast du's, ja? Hier sind wir wieder, genau da, wo wir angefangen haben. La Rochefoucauld, wir sind wieder da! Na komm schon, Sohnemann – wie wär's, wenn du deiner Wege gehst und mich meiner gehen läßt?

Vor mir, schön abgezirkelt, liegt ein Haufen Arbeit; ich habe diesen ganzen Schlaf zu erledigen. Stell dir mal vor, wie ich aussehen werde am Tag, wenn das so weitergeht. Wie die Schattenseiten des Lebens persönlich, neben all meinen ausgeruhten, kläräugigen, munter blickenden Freunden – diese Ratten! Meine Liebe, was hast *du* denn angestellt; ich dachte, du wolltest solide werden. Oh, ich war auf Höllenfahrt mit La Rochefoucauld zu nachtschlafender Zeit; wir konnten gar nicht aufhören, über eure Mißgeschicke zu lachen. Nein, das wird mir jetzt wirklich zu happig. Das darf man einer Person nicht antun, bloß weil sie aus Versehen einmal im Leben um zehn ins Bett gegangen ist. Ich will es auch nie wieder tun, ganz bestimmt nicht. Nur noch geordnete Bahnen, von jetzt an. Ich werde überhaupt nie wieder ins Bett gehen, wenn ich nur jetzt einschlafen kann. Wenn ich endlich meinen Kopf frei kriege von einem gewissen französischen Zyniker circa 1650 und in süßes Vergessen sinke. 1650. Wetten, ich sehe aus, als wäre ich seit *der* Zeit wach.

Wie geht eigentlich Einschlafen? Wie machen das die Leute? Ich fürchte, ich weiß den Dreh nicht mehr. Vielleicht könnte ich mir mit der Nachttischlampe elegant die Schläfe einschlagen. Ich könnte in aller Seelenruhe eine Liste mit wunderschönen Zitaten der dichtesten Denker rauf- und runtersagen; falls mir eins von diesen verdammten Dingern einfällt. Das könnte klappen. Und es müßte diesem Gast aus der Fremde, der seit zwanzig nach vier hier herumgeistert, einen wirksamen Riegel vorschieben. Ja, das mach ich. Nur einen Moment noch, ich dreh eben das Kissen um; das fühlt sich ja an, als wäre La Rochefoucauld in den Bezug gekrochen.

So, mal sehen – wo fangen wir denn an? Äh – hm – mal sehen. A ja, ich weiß eins. Dies über alles, sei dir selber treu, und daraus folgt so wie die Nacht dem Tage, du kannst nicht falsch sein gegen irgendwen. Ab geht die Post! Wenn sie einmal flutschen, dann geht das wie's Brötchenbacken. Mal sehen. Wer nie sein Brot mit Tränen aß, wer nie die kummervollen Nächte auf seinem Bette weinend saß, der kennt euch nicht. Moment mal. Edel sei der Mensch, hilfreich und gut. Wenn Winter herrscht, kann Frühling lange zaudern? Kein Sumpf riecht wie die Lilie, die verdirbt. Er stand auf seines Daches Zinnen. Das kann doch einen Schneemann nicht erschüttern. Des Meeres und der Liebe Wellen schlagen an den Strand. Was lange gärt, wird endlich Wut. Wer den Dichter will verstehn, muß in des Dichters Dingsbums sehn. Denk ich an was noch? in der Nacht, bin ich um den Schlaf gebracht. Üb immer Reu und dreh dich breit bis an dein kühles Grab. So still, wo niemand dich umarmen will. Ich denke, ich hänge mich heute noch nicht auf. Ahoi, nimm mich mit, Kapitän, auf die Reise.

Wart mal. Einsamkeit ist die Gewähr der Mittelmäßigkeit und der strenge Begleiter des Genies. Beständigkeit ist der Nachtmahr kleiner Geister; die Anhänglichkeit der Nullen ist ihre einzige Chance. Irgendwasschonwieder ist Leidenschaft in gelassener Erinnerung. Ein Zyniker ist einer, der weiß, was alles kostet, aber nicht, was es wert ist. Dieser liebenswerte alte Zyniker – huch, da sind wir wieder beim Geist von Hamlets Vater. Ich muß besser aufpassen. Jedwedes Stigma schlägt glatt jedes Dogma. Wenn du wissen willst, was Gott über Geld denkt, dann guck dir bloß die Leute an, denen Er es gegeben hat. Wenn nie jemand lesen gelernt hätte, dann wären auch nur sehr wenige –

Gut, gut. Das war deutlich. Ich werfe das Handtuch auf der Stelle. Ich weiß, wann ich ausgezählt bin. Schluß mit diesem Quatsch; ich werde das Licht anschalten und mich dumm und dämlich lesen. Bis es zum nächsten

Mal zehn schlägt, wenn's sein muß. Und wie gedenkt La Rochefoucauld damit fertig zu werden? Oh, das *wird* er, was? Ja, das wird er! Er und wer noch? La Rochefoucauld und *welche* sehr wenigen Leute sonst noch?

Pferdchen

(Horsie)

Als die junge Mrs. Gerald Cruger aus dem Krankenhaus nach Hause kam, kam mit ihr und dem Baby auch Miss Willmarth. Miss Willmarth war eine vortrefflich ausgebildete Hauspflegerin, sicher und ruhig und unermüdlich und mit viel Sinn für das Arrangieren von Blumen in Krügen und Vasen. Sie hatte nie eine Patientin gehabt, die so viele Blumen bekam, jedenfalls nicht so ungewöhnliche: gelbe Veilchen und eigenartige Lilien und kleine, weiße Orchideen, die wie ein zierlicher Mottenschwarm auf den grünen Zweigen balancierten. Sie mußten mit Sorgfalt und Überlegung ausgewählt worden sein, damit sie, wie all die anderen zerbrechlichen und kostbaren Dinge, mit denen die junge Mrs. Cruger sich umgab, auch wirklich gut zu ihr paßten. Niemand, der sie kannte, hätte einfach zum Hörer greifen und den nächstbesten Blumenhändler beauftragen können, ihr eins der herkömmlichen Fünf-Dollar-Gebinde aus Tulpen, Asparagus und Osterglocken ins Haus zu schicken. Camilla Cruger war nicht die richtige Adresse für Gartenblüten.

Manchmal, wenn Miss Willmarth die glänzenden Schachteln öffnete und sorgfältig die Grußkarten gruppierte, trat ein seltsamer Ausdruck in ihr Gesicht. Jedem kürzeren Gesicht hätte er womöglich einen Hauch Wehmut verliehen. Bei Miss Willmarth trug er zur Vervollkommnung einer merkwürdigen Ähnlichkeit bei, die sie von jeher an sich hatte; ihr Gesicht war erst vollständig mit jenem Ausdruck freundlicher Melancholie, der edlen Pferden eigen ist. Selbstverständlich konnte Miss Willmarth nichts dafür, daß sie aussah wie ein Pferd. Nichts an ihr konnte etwas dafür. Und dennoch bestand diese Ähnlichkeit.

Sie war groß und hatte einen kräftigen Knochenbau und eine aufrechte Haltung; irgendwie war es unmöglich, sich auszudenken, wie sie wohl unbekleidet aussah. Ihr langes Gesicht entbehrte in aller Unschuld, nein: aus Unwissenheit jeder Kosmetik und behielt stets Farbe. Verwirrung, Hitze und Hast ließen ihren Nacken scharlachrot aufglühen. Ihre feinen glatten Haare waren mit geriffelten schwarzen Drahtspangen zu einem strammen Knoten gesteckt, der patenterweise das hohe Häubchen hielt; es sah aus wie ein Windbeutel frisch vom Bäcker. Sie hatte große Hände, die abgeschrubbt und trocken waren und zupakken konnten, die Nägel waren so kurz geschnitten und wurden mit einem kleinen, scharfen Instrument so gründlich gereinigt, daß die Ränder von den spatenförmigen Fingern wegstanden. Gerald Cruger, der ihr Abend für Abend an seinem Eßtisch gegenübersaß, versuchte stets, ihre Hände nicht anzusehen. Sie irritierten ihn, weil ihr Anblick ihn daran erinnerte, daß sie sich bestimmt anfühlten wie Strohmatten und nach Kernseife rochen. Frauen, die nicht sanft liebreizend waren, waren einfach keine Frauen.

Er versuchte, soweit seine ausgezeichneten Manieren das zuließen, seinen Blick von ihrem Gesicht fernzuhalten. Nicht daß es unangenehm aussah – es war ganz bestimmt freundlich. Aber sobald er hineinsah, so erzählte er Camilla, blieb er gebannt darin hängen und war jeden Moment darauf gefaßt, daß sie die Mähne schüttelte und zu wiehern anfing.

«Ich liebe Pferde durchaus», sagte er zu Camilla, die sehr bleich und matt auf ihrer apricotfarbenen Satin-Chaiselongue lag. «Ich bin ganz närrisch nach einem Pferd. Ah, welch ein edles Tier, Liebling! Ich finde nur, daß kein Mensch einen Grund hat, daherzugehen und auszusehen wie ein Pferd und sich auch noch so zu benehmen, als wäre das völlig in Ordnung. Pferde gehen schließlich auch nicht her und sehen aus wie Menschen, oder?»

Er hatte nichts gegen Miss Willmarth; er hatte nur auch nichts für sie. Er wollte ihr überhaupt nicht übel, aber er wartete sehnlich auf den Tag, an dem sie wieder verschwinden würde. Sie arbeitete gewandt und regelmäßig, so daß sie den Haushalt eigentlich nicht nennenswert durcheinanderbrachte. Und dennoch bedeutete ihre Anwesenheit eine Last. Da war diese Sache mit dem gemeinsamen Essen jeden Abend, für ihn harte Arbeit, mit Sicherheit, und keine, die durch Routine leichter wird, aber ihm blieb keine Wahl. Es war allgemein bekannt, daß ausgebildete Pflegerinnen hartnäckig darauf bestanden, nicht wie Dienstboten behandelt zu werden; man konnte Miss Willmarth nicht bitten, mit den Mädchen zu essen. Und er würde nicht außerhalb essen – ohne *Camilla*? Und es wäre zuviel verlangt, daß die Mädchen zweimal den Tisch deckten oder Tabletts die Treppen hinauf- und hinunterschleppten, außer für Camilla. Es gab nur drei Mädchen, und die hatten Arbeit genug.

«Diese Kinder», pflegte Camillas Mutter zu kichern. «Diese Kindsköpfe. Mit ihrer Unabhängigkeit! Schlagen sich mit Käse und Küssen durch. Na, ich darf ihnen ja kaum die ausgebildete Pflegerin bezahlen. Und alles, was wir letzte Weihnachten geschafft haben, war, daß Camilla wenigstens den Packard und den Chauffeur annimmt.»

Also aß Gerald Abend für Abend mit Miss Willmarth. Leichtes Grauen vor dieser Stunde mit ihr überfiel ihn jäh am Nachmittag. Dann vergaß er es wieder für Bruchteile von Minuten, aber nur, um um so grausamer davon heimgesucht zu werden, je näher der Termin rückte. Auf seinem Nachhauseweg vom Büro genoß er das makabre Vergnügen, Tischgespräche zu inszenieren und völlig verstiegene Neuerungen dazuzuerfinden.

Crugers Correcte Conversationen: Lektion i, ein Abendessen mit einer gewissen Miss Willmarth, Ausgebildeten Hauspflegerin. Guten Abend, Miss Willmarth! Tja! Und wie haben unsere Patientinnen den Tag verbracht? Wie gut, wie schön. Tja! Das Töchterchen hat fünfzig Gramm zugelegt, tatsächlich? Wie schön. Ja, wie wahr, das wird sie, bevor wir es noch gemerkt haben. Wie wahr. Tja! Mrs. Cruger kommt täglich mehr zu Kräften, nicht wahr? Wie gut, wie schön. Wie wahr, auf und davon, bevor wir es noch gemerkt haben. Ja, gewiß wird sie das. Tja! Und die Besucher heute? Wie gut. Sind aber nicht zu lange geblieben, nein? Wie schön. Tja! Nein, nein, nein, Miss Willmarth, erzählen Sie nur weiter, ich wollte beileibe nichts sagen, wirklich nicht. Nein, wirklich nicht. Tja, ja! Ich hörte, man hat diese beiden Flieger endlich gefunden. Ja, wagemutig sind sie, gewiß. Wie wahr. Ja. Tja! Ich hörte, im Westen haben sie wieder ihren schönen dicken Schneesturm. Ja, wir hatten einen milden Winter hier, gewiß. Wie wahr. Tja! Ich hörte, es gab einen Überfall auf dieses Juweliergeschäft in der Fifth Avenue, am hellichten Tage. Ja, ich weiß wirklich auch nicht, wo das hinführen soll. Wie wahr. Tja! Ich sehe eine Katze. Sehen Sie die Katze? Die Katze liegt auf der Matratze. Ganz gewiß. Tja! Nehmen Sie's mir nicht übel, Miss Willmarth, aber müssen Sie eigentlich unbedingt aussehen wie ein Pferd? Sehen Sie gern aus wie ein Pferd, Miss Willmarth? Wie gut, Miss Willmarth, wie schön. Gewiß tun Sie das, Miss Willmarth. Wie wahr. Tja! Könnten Sie dann um Himmels willen Ihren Hafer zu Ende kauen, damit ich hier endlich weg kann?

Jeden Abend war er vor Miss Willmarth im Eßzimmer und starrte verdrießlich auf Silber und Kerzenlicht, bis sie auch erschien. Kein Geräusch von Schritten warnte vor ihrem

Kommen, denn ihre ausladenden leinenen Schnürschuhe hatten Gummisohlen; das Parkett knarrte seinen Protest, die Ziergegenstände erzitterten, es gab ein Knacken und Rascheln und den herrischen Geruch von gestärktem Leinen; und dann war sie da, gerüstet für ihr Ritual abendlicher Heiterkeit.

«Na, Mary», schrie sie das Serviermädchen an, «Sie wissen ja, wie man so sagt – lieber spät als gar nie.»

Aber kein Lächeln erweichte je Marys Lippen, kein Leuchten ihre Augen. Für Mary war Miss Willmarth, wenn sie mit der Köchin über sie redete, immer nur «die da». Sie wollte nichts zu tun haben mit Miss Willmarth oder sonst einer aus deren Zunft; die laufen einem bloß zwischen den Füßen rum.

Ein- oder zweimal entdeckte Gerald einen seltsamen Ausdruck in Miss Willmarth' Gesicht, wenn sie merkte, daß ihr Kernspruch bei dem Mädchen nicht ankam. Er vermochte ihn nicht recht einzuordnen. Dabei wußte er gar nicht, daß sie dieselbe Miene machte wie manchmal, wenn sie die glänzenden weißen Schachteln öffnete und die erlesenen geruchlosen Blüten herausnahm, die Camilla geschickt bekam. Wo immer er auch herkam, dieser Ausdruck verstärkte das Pferdehafte an ihr

74

dermaßen, daß er erwog, ihr einen Apfel anzubieten.

Sie dagegen entbot ihm stets ihr breites Lächeln, während sie sich setzte. Dann sah sie auf die klobige Uhr an ihrem Handgelenk und stieß ein kleines Quieken aus, das ihm die Zähne zusammenpreßte.

«Grundgütiger!» sagte sie. «Grundgütiger Himmel! Ich hatte völlig vergessen, daß es schon so spät war. Bitte, Sie dürfen es mir nicht übelnehmen, Mr. Cruger. Schimpfen Sie nicht mit mir. Das haben Sie wirklich Ihrer kleinen Tochter zuzuschreiben. Sie hält uns nämlich alle ständig auf Trab.»

«Das tut sie gewiß», sagte er. «Wie wahr.»

Er dachte, und zwar mit geringer Freude, an die kleine Diane, die rosig und nichtssagend und ärgerlich zwischen lauter Rüschen und Pompons in ihrem Körbchen lag. Ihretwegen war Camilla so lange von ihm fort gewesen, in dieser übelriechenden Vorhölle namens Krankenhaus, ihretwegen lag Camilla jetzt den lieben langen Tag auf ihrer apricotfarbenen Satin-Chaiselongue. «Wir wollen uns Zeit lassen», fand der Arzt, «einfach vie-ie-iel Zeieieit.» Ja; ja, und all das wegen Jung-Diane. Ihretwegen mußte er Abend für Abend Miss Willmarth vor der Nase haben und sich ein Ge-

75

spräch abringen. Na schön, Jung-Diane, da bist du also, nichts zu machen. Aber du bleibst das einzige Kind, junge Frau, soviel steht fest.

Jedesmal schickte Miss Willmarth ihrer neckischen Eröffnung über das Baby noch Begleitworte hinterher. Gerald kannte sie mittlerweile so gut, daß er sie im Duett hätte mitsingen können.

«Warten Sie's nur ab», sagte sie immer. «Warten Sie's nur ab. Sie werden auch noch auf Trab gehalten, wenn erst mal lauter Beaus hier ein- und ausgehen. Sie werden schon sehen. Diese junge Dame wird die Herzen brechen, wie ich es noch nie erlebt habe.»

«Ist wohl nur zu wahr», sagte Gerald, und dann bemühte er sich um ein kleines Lachen und scheiterte. Er fühlte sich ungemütlich, es war ihm irgendwie peinlich, Miss Willmarth über Anbeter und Techtelmechtel scherzen zu hören. Es war unschicklich, ebenso unschicklich, wie Rouge auf ihrem endlosen Mund und Parfüm in ihrem platten Dekolleté gewesen wäre.

Jedesmal holte er sie rasch wieder heim in ihr Reich. «Tja», sagte er. «Tja! Und wie haben unsere Patientinnen den Tag verbracht?»

Aber das hielt trotz der Details über das Gewicht des Babys und trotz der Liste sämtlicher

Besucher des Tages selten bis nach der Suppe vor.

«Geht diese Frau denn nie aus?» fragte er Camilla. «Hat sich unser Pferdchen nicht mal einen freien Abend verdient?»

«Wo sollte sie wohl hingehen wollen?» fragte Camilla. Ihre leisen, trägen Worte klangen immer einen Hauch überdrüssig bei diesem Thema.

«Na», sagte Gerald, «sie könnte einen Mondschein-Galopp um den Park machen.»

«Oh, sie findet es zweifellos prickelnd, mit dir zu speisen», sagte Camilla. «Du bist ein Mann, so wird mir jedenfalls berichtet, und davon kann sie so viele nicht gesehen haben. Das arme, alte Pferd. Sie ist kein schlechter Kerl.»

«Ja», sagte er. «Und welch ein amüsanter Reigen, jeden Abend mit Kein-schlechter-Kerl speisen zu dürfen.»

«Wie kommst du eigentlich auf die Idee», sagte Camilla, «daß ich in einem Strudel der Lustbarkeit versinke, wenn ich hier herumliege?»

«Oh, Liebling», sagte er, «oh, mein armer Liebling. Das habe ich nicht so gemeint, Ehrenwort. Oh, Herrgott! Ich hab's nicht so gemeint. Wie könnte ich klagen, nach allem, was

77

du durchgemacht hast, und ich habe gar nichts gemacht? Bitte, Schatz, bitte. Ach, Camilla, sag, daß du weißt, daß ich es nicht so gemeint habe.»

«Jedenfalls», sagte Camilla, «hast du sie nur zum Abendessen. Ich habe sie den ganzen Tag um mich.»

«Schätzchen, bitte», sagte er. «Mein armer Engel.»

Er sank neben der Chaiselongue auf die Knie und zerrte ihre kraftlosen, duftenden Hände an seinen Mund. Dann fiel ihm wieder ein, daß man sehr sehr sanft sein sollte. Er verteilte Entschuldigungsküßchen entlang ihren sämtlichen Fingern und brummelte von Gardenien und Lilien, und damit war sein Repertoire an weißen Blumen auch schon erschöpft.

Die Besucher behaupteten, Camilla sähe liebreizender denn je aus, aber sie irrten. Sie war einfach so liebreizend wie eh und je. Sie tuschelten über den neuen Glanz in ihren Augen, seit sie Mutter geworden war; aber es war derselbe entrückte Glanz, der immer darin gelegen hatte. Sie sagten, wie bleich sie wäre und wie sehr sie über allem schwebte; sie vergaßen, daß sie immer bleich wie der Mondenschein gewesen war und immer eine feine Verächtlichkeit ausgestrahlt hatte, zart wie die Spitze, die ihre Brust bedeckte. Ihr Arzt warnte behutsam vor jeder Hast, bat sie, sich mit der Genesung Zeit zu lassen – als hätte Camilla je im Leben etwas schnell getan. Ihre Freunde versammelten sich um die apricotfarbene Satin-Chaiselongue, auf der Camilla lag und ihre Hände bewegte, als hingen sie ihr bleischwer von den Gelenken, und ergingen sich in Bewunderung; früher hatten sie immer das weiße Satin-Sofa im Salon umlagert und sie bewundert, wie sie sich zurücklehnte, die Hände wie matte Lilien im lauen Wind. Jeden Abend, wenn Gerald über die Schwelle ihres duftenden Schlafzimmers schritt, tat sein Herz einen Sprung, und die Worte blieben ihm im Hals stecken; aber das war ihm bei ihrem Anblick immer passiert. Die Mutterschaft hatte Camillas Liebreiz nicht vollendet. Sie hatte ihn immer gehabt.

Gerald kam jeden Abend früh genug nach Hause, um vor dem Essen eine Weile bei ihr zu sein. Er mixte die Cocktails in ihrem Zimmer und beobachtete sie, wie sie daran nippte. Miss Willmarth kam und ging, rückte Blumen zurecht, klopfte Kissen auf. Manchmal brachte sie Diane und führte sie vor, und das waren für Gerald jedesmal wahrhaft ungemütliche Minuten. Er konnte den Anblick von Miss Willmarth mit dem Baby auf dem Arm nicht ertragen, so schmerzhaft peinlich war er ihm für sie. Sie stupste ihren langen Kopf in Dianes winziges Gesichtchen und warf ihn dann zurück in diesen riesigen Nacken, und die ganze Zeit kamen merkwürdige Wörter in einer merkwürdigen Stimme aus ihrem Mund.

«Na, wassn döhnes Mehjen. Da, wassn. Wassn, wassn, wassn. Da, *wassn*.» Dann brachte sie ihm das Baby. «Tuck ma, Papi. Dind wir nich ein droßes, dartes Mehjen? Dind wir nich döhn? Dach ‹duht Nach›, Papi. Wir dehn detz heia-heia machen. Dach ‹duht Nach›.»

O Gott.

Dann brachte sie das Baby zu Camilla. «Dach ‹duht Nach›», wieherte sie. «‹Duht Nach, Mami›.»

«Wenn dieses Balg dich jemals ‹Mami› nennt», sagte er einmal wutentbrannt zu Camilla, «dann setze ich es im Schnee aus.»

Camilla besah sich das Baby, ihr träger Blick schien amüsiert. «Gute Nacht, du Nichtsnutz», sagte sie dann. Sie streckte einen Finger aus, damit Dianes rosige Hand sich um ihn herumkräuseln konnte. Und Geralds Herz schlug schneller, und seine Augen brannten und glänzten.

Einmal sah er von Camilla weg und auf Miss Willmarth, vom plötzlichen Verstummen ihrer Falsettstimme überrascht. Sie hatte aufgehört, den Kopf vor und zurück zu werfen. Sie stand ganz still da und starrte ihn über das Baby hinweg an; dann sah sie schnell woandershin, aber er hatte wieder den seltsamen Ausdruck in ihrem Gesicht gesehen. Es machte ihn verlegen, er fühlte sich dunkel unwohl. An jenem Abend hielt Miss Willmarth keine weiteren Predigten an Dianes Eltern, die in «duht Nach» gipfelten. Sie trug das Baby schweigend aus dem Raum und zurück ins Kinderzimmer.

Eines Abends brachte Gerald zwei Männer mit nach Hause; schlanke, leger gekleidete junge Männer, die gut Golf und Tennis spielten und mit denen er früher das College geteilt hatte und jetzt die Clubs teilte. Sie standen um die Chaiselongue in Camillas Zimmer und nahmen Cocktails. Miss Willmarth, die nebenan im Kinderzimmer stand und mit dem Puls die Temperatur des Babyfläschchens prüfte, konnte sie alle hören, wie sie flüchtig Konversation trieben; sie warfen ihre Sätze in die Luft und ließen sie dort unfertig hängen. Hin und wieder war Camillas Stimme herauszuhören; die anderen waren sofort still, wenn sie sprach, und wenn sie fertig war, kam prustendes Gelächter. Miss Willmarth stellte sich vor, wie sie dalag, in goldenem Chiffon und kostbarer Spitze, den zierlichen Körper immer leicht abgewandt von den Leuten um sie herum, so daß sie ihren Kopf drehen und ihre gesetzten Worte über die Schulter hinweg sprechen mußte. Das Gesicht der Pflegerin wirkte verblüffend pferdehaft, als sie auf die Wand starrte, die sie trennte. – Sie blieben lange Zeit in Camillas Zimmer, und gelacht wurde immer mehr. Die Tür vom Kinderzimmer zum Flur stand offen, und jetzt hörte sie, wie auch Camillas Tür geöffnet wurde. Bisher hatte sie nur Stimmen hören können, aber jetzt verstand sie auch, was Gerald von der Türschwelle aus zurückrief; seine Worte ergaben nur keinen Sinn für sie.

«Wartet's nur ab, Jungs», sagte er. «Wartet, bis ihr unsere Halla erst *seht*.»

Er trat in die Kinderzimmertür. In der einen Hand hielt er den Cocktail-Shaker, aus dem er das Glas in der andern füllte.

«Oh, Miss Willmarth», sagte er. «Guten Abend, Miss Willmarth. Ach, ich wußte gar nicht, daß die Tür hier offen war – äh, ich hoffe, wir haben Sie nicht gestört.»

«Oh, aber nicht im entferntesten», sagte sie. «Bewahre.»

«Tja!» sagte er. «Ich – wir hatten gerade überlegt, ob Sie einen kleinen Cocktail mögen. Bitte, nehmen Sie doch.» Er hielt ihr das Glas entgegen.

«Grundgütiger», sagte sie und nahm es. «Also, vielen Dank aber auch. Vielen Dank, Mr. Cruger.»

«Ach, und Miss Willmarth», sagte er, «würden Sie Mary ausrichten, wir sind zwei mehr zum Essen? Und sie möchte bitte erst in einer halben Stunde servieren, ja? Macht es Ihnen etwas aus?»

«Aber nicht im entferntesten», sagte sie. «Selbstverständlich.»

«Vielen Dank», sagte er. «Tja! Vielen Dank, Miss Willmarth. Tja! Ich seh Sie dann beim Essen.»

«Ich danke *Ihnen*», sagte sie. «*Ich* muß mich bei *Ihnen* bedanken. Für den reizenden kleinen Cocktail.»

«Oh», sagte er, mit einem mißratenen freundlichen Lachen. Er ging zurück in Camillas Zimmer und schloß die Tür hinter sich.

Miss Willmarth setzte ihren Cocktail auf dem Tisch ab und ging nach unten, um Mary von den zu erwartenden Gästen in Kenntnis zu setzen. Sie fühlte sich leicht und flink und erzählte alles fröhlich, voller Erwartung, daß

Mary endlich ebenfalls einen Schuß Fröhlichkeit aufbrachte. Aber Mary nahm die Neuigkeit ungerührt entgegen und rauschte durch die Schwingtür ab in die Küche. Miss Willmarth stand da und sah ihr nach. Diese Dienstboten waren wohl alle nie – Sie sollte sich allmählich dran gewöhnt haben.

Obwohl das Abendessen hinausgeschoben worden war, kam Miss Willmarth ein bißchen zu spät. Die drei jungen Männer standen im Eßzimmer, redeten alle durcheinander und lachten alle zusammen. Sie waren sofort still, als Miss Willmarth eintrat, und Gerald tat einen Schritt, um sie bekannt zu machen. Er sah sie an und dann sofort weg. Kribbelnde Verlegenheit überkam ihn. Er stellte die jungen Männer vor und hielt die Augen von Miss Willmarth fern.

Miss Willmarth hatte sich für das Essen feingemacht. Sie hatte die Leinentracht abgelegt und trug ein blaues Taftkleid mit einem V-Ausschnitt und kurzen Ärmeln, die ihre kantigen Ellbogen freiließen. Um die Hüften spielten kleine, steife Rüschen, und der Rock war für sein Alter recht kurz. Er enthüllte, daß Miss Willmarth' Fesseln in rauher grauer Seide steckten und die Füße in sargähnlichen schwarzen Pumps, auf denen kleine Schleifen

84

zitterten, wie in verlorenem Schrecken vor der ganzen sie umgebenden Ausdehnung. Sie hatte sich auch die Haare gemacht; sie trug sie in offenen Wellen, und die Spitzen, die der Brennschere entgangen waren, rutschten bereits aus den Nadeln. Nase und Kinn ruhten in voller Länge unter einer massiven Puderdecke; es war nicht der feine, parfümierte Farbhauch, der die Haut umschmeichelt, sondern grobkörniger, grellweißer Körperpuder.

Gerald stellte vor; Miss Willmarth, Mr. Minot; Miss Willmarth, Mr. Forster. Einer der jungen Männer, so zeigte sich, hieß Freddy, der andere Tommy. Miss Willmarth sagte, es wäre ihr ein Vergnügen, sie alle beide kennenzulernen. Und alle beide erkundigten sich nach ihrem Befinden.

Sie setzte sich an den Tisch mit dem Kerzenlicht und den drei schönen jungen Männern. Die übliche allabendliche Aufgedrehtheit war von ihr abgefallen. Schweigend faltete sie ihre Serviette auseinander und nahm den Suppenlöffel zur Hand. Ihr Nacken glühte scharlachrot, und ihr Gesicht sah trotz des Puders mehr denn je aus, als müßte es über die oberste Planke eines Koppelzauns hängen.

«Tja!» sagte Gerald.

«Tja!» sagte Mr. Minot.

«Wird allmählich wärmer draußen, was?» sagte Mr. Forster. «Habt ihr's auch gemerkt?»

«Kann man sagen, ja», sagte Gerald. «Tja. Ist aber auch fällig, das warme Wetter.»

«Ja, müßte jetzt kommen», sagte Mr. Minot. «Eigentlich jeden Tag.»

«Ach, das kommt schon», sagte Mr. Forster. «Das kommt.»

«Ich finde den Frühling hinreißend», sagte Miss Willmarth. «Einfach hinreißend.»

Gerald schaute tief in seinen Suppenteller. Die beiden jungen Männer schauten hoch zu Miss Willmarth.

«Höllisch gute Jahreszeit», sagte Mr. Minot. «Ganz gewiß.»

«Und wie!» sagte Mr. Forster.

Sie aßen die Suppe.

Es gab während des ganzen Menüs Champagner. Miss Willmarth sah zu, wie Mary ihr einschenkte, nicht allzu voll. Der Wein sah lustig und hübsch aus. Sie warf einen Blick in die Runde, bevor sie den ersten Schluck nahm. Camillas Stimme und das Gelächter fielen ihr wieder ein.

«Na, dann», kreischte sie. «Auf unser aller Gesundheit!»

Die Gäste sahen sie an. Gerald griff nach seinem Glas und starrte es so hartnäckig an, als sähe er zum ersten Mal eine Champagner-schale. Alle murmelten und tranken.

«Tja!» sagte Mr. Minot. «Unsern Patientin-nen scheint's ja prächtig zu gehen, Miss Wit-mark. Nicht wahr?»

«Das will ich meinen», sagte sie. «Sind aber auch prächtige Patientinnen. Nicht wahr, Mr. Cruger?»

«Das sind sie bestimmt», sagte Gerald. «Wie wahr.»

«Das sind sie bestimmt», sagte Mr. Minot. «Das sind sie. Tja. Sie lernen ja wohl alle mög-lichen Leute kennen bei Ihrer Arbeit. Muß ganz schön interessant sein.»

«Oh, manchmal ja», sagte Miss Willmarth. «Das kommt auf die Leute an.» Die Worte ka-men klar und abgesetzt von ihren Lippen und so keimfrei, als wären sie soeben alle einzeln mit Borsäurelösung geschrubbt worden. In Miss Willmarth' Ohren dröhnte Camillas helle, arrogant näselnde Stimme.

«Sehr wahr», sagte Mr. Forster. «Kommt alles auf die Leute an, was? Immer und überall. Egal, was man macht. Trotzdem, muß doch phantastisch interessant sein, die Arbeit. Phan-tastisch.»

«Phantastisch, wie dieses Land in der Medi-zin inzwischen aufgeholt hat», sagte Mr. Minot. «Man sagte mir, wir haben hier die besten Ärzte der Welt. So gut wie irgendeiner in Europa. Oder in der Harley Street.»

«Ich hörte», sagte Gerald, «sie wollen ein neues Mittel gegen spinale Meningitis gefunden haben.»

«Nein, *tatsächlich*?» sagte Mr. Minot.

«Ja, habe ich auch gelesen», sagte Mr. Forster. «Phantastische Sache. Phantastisch interessant.»

«Ach, übrigens, Gerald», sagte Mr. Minot; und dann folgte ein Bericht über seine letzte Golf-Partie, Loch für Loch. Gerald und Mr. Forster lauschten und stellten Fragen.

Die drei jungen Männer ließen das Thema Golf fallen, kamen aber wieder darauf zurück und ließen es fallen und kamen darauf zurück. Zwischendurch erzählten sie Miss Willmarth von Artikeln, die ihnen in der Zeitung aufgefallen waren. Miss Willmarth kommentierte in Ausrufezeichen und schenkte jedem der Herren bereitwillig ihr breites Lächeln. Gelacht wurde während des ganzen Essens nicht.

Es war alles in allem ein kurzes Mahl. Danach wünschte Miss Willmarth den beiden Gästen eine gute Nacht und erhielt im Gegenzug zwei Bücklinge und zweimal: «*Gute* Nacht, Miss Witmark.» Sie sagte, wie furchtbar gern sie sie doch kennengelernt hätte. Die beiden murmelten.

«Tja, dann gute Nacht, Mr. Cruger», sagte sie. «Wir sehen uns ja morgen!»

«Gute Nacht, Miss Willmarth», sagte Gerald.

Die drei jungen Männer gingen wieder nach oben zu Camilla. Miss Willmarth konnte die Stimmen und das Gelächter hören, als sie ihr blaues Taftkleid auf den Bügel hängte.

Fünf Wochen blieb sie bei den Crugers. Camilla ging es wieder ausgesprochen gut – so gut, daß sie an Miss Willmarth' letzten Abenden eigentlich ruhig unten hätte essen können, wenn sie die Zumutung ertragen hätte, am selben Tisch mit der ausgebildeten Pflegerin zu essen.

«Ich bekäme wirklich nichts hinunter mit diesem Gesicht gegenüber», sagte sie zu Gerald. «Geh du und unterhalte unser Pferdchen beim Abendessen, mein Dummkopf. Allmählich kannst du das bestimmt gut.»

«Na schön, ich tu's, Liebling», sagte er. «Aber wenn sie mich nach einem Stück Zucker fragt, dann gnade mir Gott, daß ich es ihr nicht auf der flachen Hand vor die Nase halte.»

«Nur noch zwei Abende», sagte Camilla,

«und Donnerstag ist dann Nana wieder hier, und Miss Willmarth geht, für immer.»

«‹Für immer›, Schatz, ist mein Lieblingswort», sagte Gerald.

Nana war eine zuverlässige, rundliche Schottin und hatte schon Camilla großgezogen; jetzt sollte sie ebenso planmäßig die nichtsahnende Diane durch die Kindheit manövrieren. Sie war eine gemütliche Frau, die man gut um sich haben konnte; ein Dienstmädchen, und das wußte sie auch.

Nur noch zwei Abende. Gerald ging nach unten zum Essen und pfiff eine alte Melodie.

Die alte graue Stute ist auch nimmer, was sie
   war,
auch nimmer, was sie war, auch nimmer, was
   sie war –

Die letzten Abendessen mit Miss Willmarth waren wie alle anderen. Er kam als erster und starrte in die Kerzen, bis sie auch erschien.

«Na, Mary», schrie sie schon beim Eintreten. «Sie wissen ja, wie man sagt – lieber spät als gar nie.»

Mary blieb ungerührt, bis zuletzt.

Gerald war den ganzen Tag, an dem Miss Willmarth auszog, freudig erregt. Er hatte ein

Gefühl wie Ferien oder letzter Schultag, aber ohne diese vage Trauer. Er verließ zeitig sein Büro, hielt bei einem Blumenladen und ging dann nach Hause, zu Camilla.

Nana war bereits ins Kinderzimmer gezogen, aber Miss Willmarth war noch nicht weg. Sie stand in Camillas Zimmer, und zum zweiten Mal sah er sie ohne ihre Schwesterntracht. Sie trug einen langen braunen Mantel und einen abgewetzten braunen Samthut, dessen Form nicht mehr auszumachen war. Offensichtlich war sie gerade in peinliche Verabschiedungen verwickelt. Die Melancholie machte ihr Gesicht so pferdegleich, daß der Hut obendrauf wirkte wie der reine Unfug.

«Hach, da ist ja Mr. Cruger», wieherte sie.

«Oh, guten Abend, Miss Willmarth», sagte er. «Tja! Ach, hallo, Liebling. Wie geht es dir, Schatz? Magst du die hier?»

Er legte Camilla eine Blumenschachtel in den Schoß. Darin steckten merkwürdige kleine gelbe Rosen mit Stielen und Blättern und winzigen, weichen Dornen ganz in Blutrot. Miss Willmarth quiekte auf, als sie sie sah.

«Ach, die Schnuckelchen!» krähte sie. «Die Döhnen!»

«Und die hier sind für Sie, Miss Willmarth», sagte er. Er zwang sich, ihr ins Gesicht zu sehen, und streckte ihr eine etwas kleinere, quadratische Schachtel entgegen.

«Hach, Mr. Cruger», sagte sie. «Für mich, wirklich? Hach, wirklich, Mr. Cruger?»

Sie öffnete die Schachtel und fand vier mit grüner Folie und grünen Schleifen dekorierte Gardenien.

«Also wirklich, nein, Mr. Cruger», sagte sie. «Hach, nie im Leben hab ich – O nein, das sollten Sie doch nicht. Wirklich, das war doch nicht nötig. Grundgütiger Himmel! Na, so was Wunderhübsches hab ich ja im Leben nicht gesehen. Sie, Mrs. Cruger? Sie sind *wunderhübsch*. Also, ich weiß gar nicht, wie ich anfangen soll, Ihnen zu – danken. Hach, ich – also, ich finde sie einfach zum Anbeten.»

Gerald gab Geräusche von sich, aus denen hervorgehen sollte, daß er sich freute, wie gut sie ihr gefielen, und sie seien doch nicht der Rede wert, das sei doch selbstverständlich. Ihr dankbares Wiehern ließ seine Ohren tief drinnen rot erglühen.

«Die sind aber hübsch», sagte Camilla. «Stecken Sie sie an, Miss Willmarth. Und diese hier sind wirklich sagenhaft, Gerry. Manchmal ist doch was an dir.»

«Oh, ich wollte sie eigentlich nicht *tragen*», sagte Miss Willmarth. «Ich dachte, ich nehme sie in der Schachtel mit, so, dann halten sie sich auch besser. Und die Schachtel ist auch so hübsch – die möchte ich gern mitnehmen. Ich – ich würde sie gern behalten.»

Sie sah auf die Blumen hinunter. Gerald packte plötzlich der Schreck, sie könnte wieder ihren Kopf hineinstecken und dann nach hinten werfen und ihr «wassn, wassn, wassn» vom Stapel lassen.

«Wahrhaftig», sagte sie, «ich kriege meine Augen gar nicht mehr *los*.»

«Die Frau spinnt», sagte Camilla. «Das kommt dabei raus, wenn man mit uns lebt, nehme ich an. Ich hoffe, wir haben Sie nicht fürs Leben verdorben, Miss Willmarth.» –

«Hach, Mr. Cruger», wieherte Miss Willmarth. «Nein, wirklich! Ich habe es gerade schon Mrs. Cruger gesagt, Mr. Cruger, ich hatte im Leben keinen so angenehmen Fall. Es war einfach die schönste Zeit meines Lebens, die ganze Zeit, die ich hier war. Ich weiß nicht, wann – wahrhaftig, ich muß immer mein Sträußchen ansehen, sie sind so wunderhübsch. Also, ich kann Ihnen gar nicht danken für alles, was Sie getan haben.»

«Nun, wir haben Ihnen zu danken, Miss Willmarth», sagte Gerald. «Ganz gewiß.»

«Ich sage so ungern auf Wiedersehen»,

sagte Miss Willmarth. «So schrecklich ungern.»

«Dann lassen Sie es doch», sagte Camilla. «Ich finde es auch nicht gerade traumhaft schön. Und vergessen Sie nicht, Sie müssen das Baby ansehen kommen, wann immer Sie können.»

«Ja, das müssen Sie bestimmt», sagte Gerald. «Sehr wahr.»

«Oh, das werde ich», sagte Miss Willmarth. «Grundgütiger, ich trau mich gar nicht, die Kleine noch einmal anzusehen, sonst komme ich überhaupt nicht mehr weg. Na, was denke ich denn da! Hach, der Wagen wartet die ganze Zeit. Mrs. Cruger besteht einfach darauf, mich mit dem Wagen nach Hause bringen zu lassen. Ist sie nicht schrecklich, Mr. Cruger?»

«Aber nein, gar nicht», sagte er. «Aber selbstverständlich.»

«Na, es sind doch nur fünf Blocks runter und dann rüber zur Lexington Avenue», sagte sie, «und ich möchte Ihnen wirklich keine Umstände machen.»

«Aber nein, gar nicht», sagte Gerald. «Tja! Da wohnen Sie, Miss Willmarth?»

Sie wohnte tatsächlich manchmal irgendwo für sich? Sie scheuchte nicht dauernd anderer Leute Haushalt auf?

«Ja», sagte Miss Willmarth. «Ich habe meine Mutter da.»

Oh. Gerald hatte sich nie überlegt, daß sie eine Mutter haben könnte. Dann mußte es ja auch irgendwann einen Vater gegeben haben. Und Miss Willmarth war auf der Welt, weil sich einmal zwei Leute geliebt und gekannt hatten. Das war keine zum Verweilen verlokkende Vorstellung.

«Meine Tante lebt auch bei uns», sagte Miss Willmarth. «Das ist so schön für Mutter – Mutter kommt nämlich gar nicht mehr gut zurecht. Es ist zwar ein bißchen eng zu dritt – ich schlafe auf dem Diwan, wenn ich zwischen meinen Fällen zu Hause wohne. Aber es ist sehr schön für Mutter, daß meine Tante auch da ist.»

Sogar in ihrer Freizeit war Miss Willmarth also eine Ruhestörung und jemand zuviel. Nie bewohnte sie einen Raum, der eigens für ihren Gebrauch geplant worden war; kein Bett, keine Ecke für sich; sich ankleiden vor anderer Leute Spiegel, essen mit anderer Leute Silber, kein Blick aus einem Fenster, das ihr gehörte. Tja. Zweifellos hatte sie das schon so lange nicht anders gekannt, daß es ihr nichts ausmachte und sie nicht einmal darüber nachdachte.

«O ja», sagte Gerald. «Ja, das ist gewiß sehr schön für Ihre Mutter. Tja! Tja! Darf ich Ihr Gepäck für Sie zumachen, Miss Willmarth?»

«Oh, alles schon erledigt», sagte sie. «Der Koffer steht unten. Ich gehe nur eben meine Hutschachtel holen. Tja, also dann auf Wiedersehen, Mrs. Cruger, und passen Sie gut auf sich auf. Und tausendmal danke schön.»

«Viel Glück, Miss Willmarth», sagte Camilla. «Kommen Sie das Baby besuchen.»

Miss Willmarth sah zu Camilla und dann zu Gerald, der neben ihr stand und eine ihrer langen, weißen Hände hielt. Sie ging aus dem Zimmer und holte ihre Hutschachtel.

«Ich trage sie Ihnen hinunter, Miss Willmarth», rief Gerald hinter ihr her.

Er beugte sich vor und küßte Camilla sanft, sehr, sehr sanft.

«Tja, jetzt ist es fast vorbei, Liebling», sagte er. «Manchmal glaube ich fast, daß es einen Gott gibt.»

«Das war aber höllisch anständig von dir, ihr Gardenien zu schenken», sagte Camilla. «Wie bist du denn darauf gekommen?»

«Ich war so außer Rand und Band, daß sie wirklich geht», sagte er, «daß ich den Verstand verloren haben muß. Niemand war überraschter als ich selbst. Gardenien für

Pferdchen. Gott sei Dank hat sie sie nicht auch noch angesteckt. Dem Anblick hätte ich nicht standgehalten.»

«Straßenkleider sind wirklich nicht ihre Glanzrolle», sagte Camilla. «Ihr geht wohl ein gewisser *Chic* ab.» Sie reckte die Arme langsam über den Kopf und ließ sie dann langsam wieder sinken. «Das war aber ein faszinierender Einblick in ihr Leben, den sie uns da gewährt hat. Sehr komisch.»

«Oh, ich glaube, ihr macht das nichts aus», sagte er. «Ich gehe jetzt nach unten und setze sie in den Wagen, und dann sind wir erlöst.»

Er beugte sich wieder über Camilla.

«Oh, du siehst wunderhübsch aus, Schatz», sagte er. «So *wunderhübsch*.»

Miss Willmarth kam den Flur entlang, als Gerald aus dem Zimmer trat, und balancierte eine Hutschachtel aus Pappe, die Blumenschachtel und eine große, altgediente Ledertasche. Er nahm ihr die Schachteln ab, obwohl sie protestierte, und ging hinter ihr die Treppe hinunter und zu dem Automobil, das am Bordstein wartete. Der Chauffeur stand am offenen Wagenschlag. Gerald war froh, daß er auch da war.

«Tja, viel Glück dann, Miss Willmarth», sagte er. «Und vielen, vielen Dank.»

«Dank *Ihnen*, Mr. Cruger», sagte sie. «Ich – ich kann gar nicht sagen, wie gut es mir hier gefallen hat, die ganze Zeit. Ich hatte noch nie einen angenehmeren – Und die Blumen und alles. Ich weiß gar nicht, was ich sagen soll. Ich bin es, die *Ihnen* zu danken hat.»

Sie reichte ihm eine Hand im braunen Baumwollhandschuh. Was soll's, zerschlissene Baumwolle war erträglicher anzufassen als trockenes, rissiges Fleisch. Dieses war ihr letzter Augenblick. Es machte ihm jetzt kaum etwas aus, in dieses lange Gesicht über dem sehr roten Hals zu sehen.

«Tja!» sagte er. «Tja! Nichts vergessen? Tja, nochmals viel Glück, Miss Willmarth, und vergessen Sie uns nicht.»

«O nein, nein», sagte sie. «Ich – oh, wie könnte ich.»

Sie wandte sich ab, stieg eilig in den Wagen und saß aufrecht in den blaßgrauen Polstern. Der Chauffeur stellte ihr die Hutschachtel zu den Füßen und die Blumenschachtel neben sie auf den Sitz, klappte elegant die Tür zu und setzte sich wieder hinter das Lenkrad. Gerald winkte fröhlich, als der Wagen davonglitt. Miss Willmarth winkte nicht.

Als sie sich umsah, durch die kleine Rückscheibe, war er längst im Haus verschwunden.

Er mußte den Bürgersteig rennend hinter sich gebracht haben – rennend, um schnell wieder in dem duftenden Zimmer und bei den kleinen gelben Rosen und bei Camilla zu sein. Das kleine rosige Baby lag sicher schlafend in seinem Bett. Sie waren wieder allein zusammen; sie würden zu zweit allein bei Kerzenlicht zu Abend essen; sie würden des Nachts zu zweit allein sein. Jeden Morgen und jeden Abend würde Gerald neben ihr auf die Knie fallen und ihre parfümierte Hand küssen und sie Schatz nennen. Und immer würde sie vollkommen makellos sein, in duftigem Chiffon und kostbarer Spitze. Schlanke, legere junge Männer würden ihrem affektierten Näseln lauschen und ihr ihr Lachen schenken. Jeden Tag würden weiße Schachteln voller eigentümlicher Blüten für sie geliefert werden. Vielleicht war es ein Glück, daß niemand in die Limousine sah. Wer es getan hätte, hätte verwirrt feststellen müssen, daß ein menschliches Gesicht wirklich so aussehen konnte wie das Gesicht einer abgehalfterten Stute.

Jetzt bog der Wagen mit dem anderen Verkehr um eine Kurve. Die Blumenschachtel rutschte gegen Miss Willmarth' Knie. Sie sah hinunter. Dann nahm sie sie auf den Schoß, hob ein wenig den Deckel und schaute auf das wächserne weiße Bouquet. Jetzt wäre für den zufälligen Betrachter alles wieder in Ordnung gewesen; Miss Willmarth' seltsame Ähnlichkeit verschwand, als sie ihre Blumen ansah. Es waren ihre Blumen. Ein Mann hatte sie ihr geschenkt. Sie hatte Blumen geschenkt bekommen. Vielleicht hielten sie ja ein paar Tage. Und jedenfalls durfte sie die Schachtel behalten.

Mr. Durant

(Mr. Durant)

Seit guten zehn Tagen hatte Mr. Durant keine derartige Seelenruhe mehr gekannt. Er gab sich ihr hin, hüllte sich in sie ein, warm und weich, wie in einen neuen und kostspieligen Mantel. Gott, für den Mr. Durant eine gutmütige Zuneigung hegte, war droben im Himmel, und Mr. Durants Welt war wieder in heiler Ordnung.

Eigenartig, wie diese wiedererlangte Gelassenheit seine Freude an der gewohnten Umgebung steigerte. Er schaute zurück auf das Gummiwerk, das er soeben für heute verlassen hatte, und nickte beifällig dem massiven roten Gebäudekomplex zu, den sechs ordentlichen Stockwerken, die eindrucksvoll in die Dunkelheit emporragten. Man konnte lange suchen, dachte er, ehe man eine rührigere Firma fand; und ein behagliches, besitzergreifendes Gefühl, davon ein Teil zu sein, stieg in ihm auf.

Er blickte liebenswürdig die Center Street hinunter und stellte fest, wie friedlich die Lichter strahlten. Selbst das nasse, eingedrückte Pflaster, das mit tiefen Pfützen übersät war, nährte sein Vergnügen, indem es das sanfte Leuchten darüber reflektierte. Und um sein Wohlbehagen zu vervollständigen, kam die Bahn, auf die er wartete, mit bewundernswerter Pünktlichkeit weit drunten am Schienenstrang in Sicht. Er dachte, mit einer gewissen aufgeräumten Zärtlichkeit, an das Ziel, zu dem sie ihn bringen würde; an sein Abendessen – es war Fischauflauf-Tag –, an seine Kinder, an seine Frau, in der genannten Reihenfolge. Dann wandte er seine wohlwollende Aufmerksamkeit dem Mädchen zu, das neben ihm stand und offensichtlich ebenfalls auf die Center-Street-Bahn wartete. Er war entzückt, heftiges Interesse für sie zu verspüren. Er betrachtete es als ihm eindeutig zur Ehre gereichend, daß er derartigen Dingen erneut normale Beachtung schenken konnte. Zwanzig Jahre jünger – so fühlte er sich.

Ziemlich schäbig war sie, in ihrer genoppten Jacke, deren Zottigkeit hie und da abgewetzt war. Aber es lag etwas in der Art, wie ihr billiger, doch aparter Turban in ihre Stirn gedrückt war, in der Art, wie ihre schmächtige Figur sich unter der losen Jacke bewegte. Mr. Durant spitzte die Zunge und strich damit sanft über seine kühle, glatte Oberlippe.

Die Bahn näherte sich, kam ratternd vor

ihnen zum Stehen. Mr. Durant trat ritterlich zur Seite, um dem Mädchen den Vortritt zu lassen. Er half ihr nicht beim Einsteigen, doch die umsichtige Art, wie er diesen Vorgang überwachte, vermittelte den Eindruck, als hätte er ihr tatsächlich beigestanden.

Ihr enger kurzer Rock rutschte an ihren schmächtigen, hübschen Beinen hinauf, als sie die hohe Stufe nahm. In einem ihrer dünnen Seidenstrümpfe war eine Laufmasche. Das Mädchen war sich ihrer zweifellos nicht bewußt; sie war ziemlich weit hinten nahe der Naht und ging, vermutlich vom Hüftgürtel aus, bis auf halbe Höhe der Wade. Mr. Durant hatte das sonderbare Verlangen, seinen Daumennagel in das gegenwärtige Ende der Laufmasche zu stecken und sie nach unten zu ziehen, bis die feine Linie der fallengelassenen Maschen die Oberkante des flachen Schuhs des Mädchens erreichte. Ein nachsichtiges Lächeln ob dieses Einfalls spielte um seinen Mund, das sich zu einem Grinsen als leutseligem Abendgruß für den Schaffner ausweitete, als er die Bahn bestieg und den Fahrpreis entrichtete.

Das Mädchen setzte sich irgendwo ziemlich weit vorne hin. Mr. Durant fand einen ihm genehmen Platz weit hinten und renkte sich den Hals aus, um einen Blick auf sie zu werfen. Er konnte undeutlich eine Windung ihres Turbans und ein kleines Stück ihrer stark geschminkten Wange sehen, jedoch nur um den Preis einer angespannten und alsbald schmerzhaften Kopfhaltung. Erwärmt von der Gewißheit, daß es immer andere geben würde, ließ er von ihr ab und machte es sich bequem. Er hatte eine Fahrt von etwa zwanzig Minuten vor sich. Er gestattete seinem Kopf, sanft nach hinten zu fallen, ließ seine Augenlider sinken und gab sich seinen Gedanken hin. Nun, da alles zufriedenstellend aus der Welt geschafft war, konnte er unbeschwert, fast lachend daran denken. Letzte Woche dagegen, und sogar während eines Teils der Woche davor, hatte er mit aller Kraft versuchen müssen, sie zurückzudrängen, wann immer sie ihm gewaltsam in den Sinn kam. Sie hatte sogar seinen Schlaf beeinträchtigt. Und obwohl er nun durch seine neugewonnene belustigte Geisteshaltung geschützt war, fühlte Mr. Durant noch Entrüstung in sich aufsteigen, wenn er sich an jene schlaflosen Nächte erinnerte.

Er hatte Rose vor etwa drei Monaten kennengelernt. Sie war in sein Büro geschickt worden, um für ihn Briefe aufzunehmen. Mr. Durant war stellvertretender Leiter der Kreditabteilung der Gummigesellschaft; seine Frau pflegte ihn als einen der leitenden Angestellten der Gesellschaft zu bezeichnen, und obwohl sie oft in seiner Gegenwart zu anderen so von ihm sprach, bemühte er sich nie, sich eingehender über seine Position auszulassen. Ihm standen ein Zimmer, ein Schreibtisch und ein Telefon für sich allein zu; aber keine Stenotypistin. Wenn er etwas zu diktieren wünschte oder Briefe mit der Maschine abgeschrieben haben wollte, telefonierte er bei den verschiedenen anderen leitenden Angestellten herum, bis er ein Mädchen fand, das gerade selbst nicht zu sehr beschäftigt war. Auf diese Weise war Rose zu ihm gekommen.

Sie war nicht hübsch. Eindeutig nicht. Aber sie hatte eine gewisse liebliche Zerbrechlichkeit an sich und eine fast verzweifelte Schüchternheit, die Mr. Durant einmal anziehend gefunden hatte, an die er nun aber mit irritierender Verärgerung dachte. Sie war zwanzig, und der Zauber der Jugend umgab sie. Wenn sie sich über ihre Arbeit beugte und ihr Rücken weiß durch die leichte Bluse schimmerte, ihr sauberes Haar sich glatt in ihrem schmächtigen Nacken rollte, ihre geraden kindlichen Beine am Knie übereinandergeschlagen waren, um ihren Block zu stützen, dann hatte sie einen unbestreitbaren Reiz.

Aber nicht hübsch – nein. Ihr Haar war nicht von der Art, die sich gut aufstecken ließ, ihre Augenwimpern und Lippen waren zu blaß, sie hatte nicht viel Geschick darin, ihre billigen Kleider auszusuchen und zu tragen. Als Mr. Durant die ganze Sache Revue passieren ließ, empfand er Erstaunen, daß Rose ihn überhaupt je für sich eingenommen hatte. Aber es war ein tolerantes Erstaunen, kein ungeduldiges. Rückblickend sah er sich in der ganzen Affäre bereits schlicht als einen Mann von Format.

Es kam ihm nicht in den Sinn, auch nur einen Funken Überraschung zu empfinden, daß Rose derart lebhaft auf ihn reagiert hatte, einen unerschütterlich verheirateten Mann von neunundvierzig. Er sah sich nie auf diese Art. Lachend pflegte er zu Rose zu sagen, daß er alt genug sei, ihr Vater zu sein, aber keiner von beiden glaubte es je wirklich. Er betrachtete ihre Zuneigung zu ihm als die natürlichste Sache der Welt – da war sie, aus einer viel kleineren Stadt stammend, nie die Sorte Mädchen mit vielen Bewunderern um sich; natürlich war sie von den Aufmerksamkeiten eines Mannes geblendet, der, wie Mr. Durant es ausdrückte, sich seiner Blüte näherte. Er war von der Vorstellung bezaubert gewesen, daß es in ihrem Leben keine anderen Männer gegeben hatte; seit kurzem jedoch, weit davon entfernt, sich geschmeichelt zu fühlen, der erste und einzige zu sein, kam es ihm eher so vor, als ob sie ihn heimtückisch ausgenutzt und in diese Lage gebracht hätte.

Es war dann alles erstaunlich leicht gewesen. Mr. Durant wußte es praktisch von dem Moment an, als er sie zum ersten Mal sah. Dies schmälerte den Reiz der Sache in seinen Augen nicht. Hindernisse entmutigten ihn eher, als daß sie ihn anspornten. Das Wichtigste war, Scherereien zu vermeiden.

Rose war kein kokettes Mädchen. Sie hatte jene eigenartige Direktheit, die manche sehr schüchterne Menschen besitzen. Selbstverständlich gab es da ihre Bedenken, aber Mr. Durant zerstreute sie klug. Nicht, daß er ein Meister dieser Technik gewesen wäre. Er hatte einige Erlebnisse gehabt, wahrscheinlich ein Drittel der Zahl, die er üblicherweise gehabt zu haben glaubte, doch keines hatte ihn viel über die feinen Nuancen des Werbens gelehrt. Aber schließlich erforderte Roses Naivität auch äußerst wenig.

Sie war ohnehin nie jemand, der viel von ihm verlangte. Sie dachte nie daran, zwischen ihm und seiner Frau Unfrieden zu stiften, bat ihn nie, seine Familie zu verlassen und mit ihr fortzugehen, auch nur für einen Tag. Mr. Durant schätzte sie deswegen. Es schaltete eine Menge sonst wahrscheinlichen Ärgers aus.

Es war verblüffend, wie frei sie waren, wie wenig Lügen notwendig war. Sie blieben nach Dienstschluß im Büro – Mr. Durant fand viele Briefe, die diktiert werden mußten. Niemand dachte sich etwas dabei. Rose war tagsüber meist beschäftigt, und es war nur rücksichtsvoll, daß Mr. Durant nicht die Zeit ihres Arbeitgebers beanspruchte, nur natürlich, daß er eine so gute Stenotypistin wie sie haben wollte, um seine Korrespondenz zu erledigen.

Roses einzige Verwandte, eine verheiratete Schwester, lebte in einer anderen Stadt. Das Mädchen wohnte bei einer Bekannten namens Ruby, die ebenfalls im Gummiwerk angestellt war, und Ruby, die stark von ihren eigenen Herzensangelegenheiten in Anspruch genommen wurde, schien es nie merkwürdig zu finden, daß Rose zu spät zum Abendessen kam oder überhaupt nicht dazu erschien. Mr. Durant konnte seiner Frau ohne weiteres verständlich machen, daß er von dringenden Geschäften aufgehalten wurde. Es steigerte für sie nur seine Bedeutsamkeit und trieb sie dazu an, besonders appetitliche Gerichte zuzubereiten und sie bis zu seiner Rückkehr umsichtig warm zu halten. Manchmal, bedeutend in ihrem Schuldbewußtsein, löschten Rose und er das Licht in dem kleinen Büro und verschlossen die Tür, um durch diese Winkelzüge die anderen Angestellten denken zu lassen, daß sie längst nach Hause gegangen seien. Aber niemand rüttelte jemals auch nur Einlaß begehrend am Türgriff.

Es war alles so einfach, daß Mr. Durant daran nie als etwas außerhalb des allgemein Üblichen dachte. Sein Interesse für Rose minderte nicht seine Empfänglichkeit für reizvolle Beine oder aufreizende Blicke am Rande. Es war ein Liebesabenteuer von der geruhsamsten, wohltuendsten Art. Es besaß, für ihn, sogar eine gewisse heimelige Eigenschaft.

Und dann mußte alles dummerweise ruiniert werden. «Hätt ich mir denken können», sagte sich Mr. Durant mit tiefer Bitterkeit.

Vor zehn Tagen war Rose weinend in sein Büro gekommen. Sie war so bedacht gewesen, immerhin, bis nach Dienstschluß zu warten, aber alle Welt hätte hereinkommen und sie dort flennen sehen können; Mr. Durant glaubte, es nur der effizienten Handhabung seines persönlichen Gottes zu verdanken zu haben, daß nicht doch jemand gekommen war. Sie heulte, wie er es schwungvoll ausdrückte, an allen Ecken und Enden. Die Farbe wich aus ihren Wangen und sammelte sich feucht in ihrer Nase, und Ränder von lebhaftem Rosa bildeten sich um ihre blassen Augenwimpern. Selbst ihr Haar wurde in Mitleidenschaft gezogen; es löste sich von den Nadeln, und lose Strähnen fielen ihr kraftlos in den Nacken. Mr. Durant konnte ihren Anblick nicht ausstehen, sich aber auch nicht zu einer Berührung überwinden.

Seine ganze Energie war darauf ausgerichtet, sie zu bestürmen, doch um Gottes willen still zu sein; er fragte sie nicht, was los war. Aber es kam heraus, zwischen Ausbrüchen von unangenehm klingendem Schluchzen. Sie war «in Schwierigkeiten». Weder damals noch in den darauffolgenden Tagen benutzten sie und Mr. Durant je eine weniger taktvolle Redewendung, um ihren Zustand zu beschreiben. Selbst in ihren Gedanken nannten sie ihn so.

Sie hatte es, sagte sie, seit einiger Zeit befürchtet, aber sie hatte ihn nicht damit belästigen wollen, bis sie absolut sicher war. «Wollte mich nicht belästigen!» dachte Mr. Durant.

Natürlich war er wütend. Arglosigkeit ist eine wünschenswerte Sache, eine niedliche

Sache, eine ansprechende Sache, dort wo sie angebracht ist; zu weit getrieben, ist sie jedoch bloß lächerlich. Mr. Durant wünschte bei Gott, daß er Rose nie gesehen hätte. Er machte ihr diesen Wunsch verständlich.

Aber dadurch ließ sich die Sache nicht aus der Welt schaffen. Seinen Freunden gegenüber hatte er oft aufgeräumt bemerkt, daß er sich «auskannte». Pannen wie diese ließen sich, wie es Leute von Welt nannten, «beheben» – Damen der New Yorker Gesellschaft, so hatte er gehört, dachten sich faktisch nichts dabei. Auch diese Panne ließ sich beheben. Er veranlaßte Rose, nach Hause zu gehen, und sagte ihr, sie solle sich keine Gedanken machen, er werde schon dafür sorgen, daß alles in Ordnung kam. Das Wichtigste war, daß sie von der Bildfläche verschwand, mit dieser Nase und diesen Augen.

Aber sich auskennen und diese Kenntnis in die Praxis umsetzen erwiesen sich als zwei völlig verschiedene Dinge. Mr. Durant wußte nicht, wen er um Auskunft angehen sollte. Er sah sich im Geiste seine Busenfreunde fragen, ob sie ihm jemanden nennen könnten, «zu dem dieses Mädchen, von dem er gehört hatte, gehen könnte». Er konnte seine Stimme die Worte aussprechen hören, konnte das nervöse

Lachen hören, das sie begleiten würde, ihre schreckliche Plattheit, wenn sie über seine Lippen kamen. Sich einer Person anzuvertrauen hieß sich mindestens einer Person zuviel anzuvertrauen. Man lebte zwar in einer aufblühenden Stadt, aber sie war immer noch klein genug, daß sich Klatsch wie ein Lauffeuer verbreitete. Nicht daß er auch nur einen Augenblick lang dachte, daß seine Frau eine derartige Sache glauben würde, falls sie ihr zu Ohren kam; aber was hätte es schon für einen Sinn, sie zu beunruhigen?

Mr. Durant wurde blaß und zerfahren wegen dieser Sache, als die Tage dahingingen. Seine Frau sorgte sich so lange, bis sie einen ihrer Krankheitsanfälle bekam, weil er beim Essen stets verdrießlich eine zweite Portion ablehnte. Täglich stieg in ihm wachsender Zorn auf, daß er in ein Komplott verstrickt worden sein sollte, um einen Weg zu finden, der das Gesetz seines Landes brechen würde – wahrscheinlich das Gesetz jedes Landes der Welt. Jedenfalls jeder anständigen, christlichen Gemeinde.

Es war schließlich Ruby, die ihnen aus der Patsche half. Als Rose ihm gestand, daß sie zusammengebrochen war und Ruby alles erzählt hatte, steigerte sich seine Wut ins Wortlose.

Ruby war die Sekretärin des Vizepräsidenten der Gummigesellschaft. Das wäre ja vielleicht reizend, wenn sie alles ausplaudern würde! Er hatte die ganze Nacht lang mit weit aufgerissenen Augen neben seiner Frau gelegen. Ihm schauderte bei dem Gedanken an eine zufällige Begegnung mit Ruby auf dem Korridor.

Aber Ruby hatte es wunderbar einfach gemacht, als sie sich tatsächlich begegneten. Es gab keine vorwurfsvollen Blicke, kein kaltes Abwenden des Gesichts. Sie hatte ihm wie üblich lächelnd «Guten Morgen» gewünscht und einen kurzen Blick nach oben angefügt, schalkhaft, verständnisvoll, mit gerade einer winzigen Spur Bewunderung darin. Es herrschte ein Gefühl der Vertrautheit, eines geteilten Geheimnisses, das sie wohlig miteinander verband. Ein prima Mädchen, diese Ruby!

Ruby hatte alles ohne jegliches Aufheben arrangiert. Mr. Durant war nicht unmittelbar mit der Planung befaßt. Er erfuhr davon nur durch Rose bei den seltenen Gelegenheiten, da er sie sehen mußte. Ruby wußte, über irgendwelche dunklen Freunde, die sie hatte, von «einer Frau». Es käme auf fünfundzwanzig Dollar. Mr. Durant hatte ritterlich darauf bestanden, Rose das Geld zu geben. Sie hatte zu plärren begonnen, als sie es nehmen sollte, aber er hatte sich letztlich durchgesetzt. Nicht daß er die fünfundzwanzig Dollar nicht sehr gut selbst hätte gebrauchen können, gerade jetzt, mit Juniors Zähnen und allem!

Aber nun war ja alles vorbei. Die unbezahlbare Ruby war mit Rose zu «der Frau» gegangen; hatte sie noch am gleichen Nachmittag zum Bahnhof gebracht und in einen Zug zu ihrer Schwester gesetzt. Sie hatte sogar daran gedacht, der Schwester zuvor zu telegrafieren, daß Rose die Grippe gehabt hätte und nun Ruhe brauche.

Mr. Durant hatte Rose gedrängt, es einfach als einen kurzen Urlaub zu betrachten. Er versprach zudem, ein gutes Wort für sie einzulegen, wann immer sie ihre Stellung wiederhaben wollte. Aber Rose war bei diesem Gedanken wieder ganz rosa um die Nase geworden. Sie hatte ihre krächzenden Schluchzer herausgeschluchzt, hatte dann ihr Gesicht von ihrem zerknüllten Taschentuch gehoben und mit völlig fremder Entschiedenheit gesagt, daß sie die Gummiwerke oder Ruby oder Mr. Durant nie wieder sehen wolle. Er hatte nachsichtig gelacht, hatte sich überwunden, ihren schmalen Rücken zu tätscheln. In seiner Erleichterung über den Ausgang der Dinge konnte er großzügig sein, selbst zu den Nachtragenden.

Er lachte lautlos in sich hinein, als er diese letzte Szene Revue passieren ließ. «Sie hat wohl gemeint, sie würde mich ärgern, wie sie sagte, sie kommt nie mehr zurück», sagte er sich. «Sie hat wohl gemeint, ich hätte wohl vor ihr auf die Knie sinken und sie anflehen sollen.»

Es war schön, in der Gewißheit zu verweilen, daß die Sache endgültig vorbei war. Mr. Durant hatte irgendwo eine Redewendung aufgeschnappt, die perfekt zu dieser Situation zu passen schien. Für ihn war es ein bewundernswert forscher Ausdruck. Es lag etwas Elegantes darin; es war etwas von der Art, die man von Männern zu hören erwartete, die ohne Befangenheit Gamaschen trugen und Spazierstöcke schwangen. Er wandte sie nun mit Befriedigung an.

«Und damit basta», sagte er sich. Er war nicht sicher, daß er es nicht laut sagte.

Die Bahn verlangsamte ihre Fahrt, und das Mädchen in der genoppten Jacke kam auf die Tür zu. Sie wurde gegen Mr. Durant geworfen – er hätte geschworen, daß sie es absichtlich tat –, äußerte lachend ein Wort der Entschuldigung, schenkte ihm, wie er es auffaßte, einen einladenden Blick. Er erhob sich halb, um ihr nachzugehen, sank dann aber wieder zurück.

Schließlich war es ein regnerischer Abend, und seine Ecke war fünf Straßen weiter. Wieder überkam ihn die wohlige Gewißheit, daß es immer andere geben würde.

Bester Laune verließ er die Bahn an seiner Straße und ging in Richtung seines Hauses. Es war ein scheußlicher Abend, doch die eindringende Kälte und der dunkle Regen ließen nur um so plastischer das Bild hervortreten von dem warmen, erleuchteten Haus, der großen Schüssel mit dampfendem Fischauflauf, den wohlerzogenen Kindern und der braven Ehefrau, die ihn erwarteten. Er ging ziemlich langsam, um all dies durch das Warten noch besser erscheinen zu lassen, und summte ein wenig, während er den ordentlichen Bürgersteig entlangging, vorbei an den soliden, ehrbar schäbigen Häusern.

Zwei Mädchen rannten an ihm vorbei, die ihre Hände über den Köpfen hielten, um ihre Hüte vor der Nässe zu schützen. Er genoß das Klappern ihrer Absätze auf dem Pflaster, ihre kurzen, atemlosen Lachsalven, ihre Arme, die in einer Haltung erhoben waren, die die klaren Linien ihrer Körper hervortreten ließen. Er wußte, wer sie waren – sie wohnten drei Türen von ihm entfernt, in dem Haus mit dem Laternenpfahl davor. Ihr frischer Liebreiz war ihm oft aufgefallen und im Gedächtnis geblieben. Er beeilte sich, um sehen zu können, wie sie die Treppe hinaufliefen und ihre kurzen engen Röcke dabei an ihren Beinen hinaufrutschten. Ihm kam wieder das Mädchen mit der Laufmasche in den Sinn, und ergötzliche Gedanken erfüllten ihn, als er sein eigenes Haus betrat.

Seine Kinder rannten lärmend herbei, um ihn zu begrüßen, als er die Tür aufschloß. Etwas Aufregendes war im Gange, denn Junior und Charlotte waren im allgemeinen zu gut erzogen, um anderen Menschen Unbehagen zu verursachen, indem sie auf sie losstürzten und einredeten. Es waren nette, vernünftige Kinder, gut in der Schule und peinlich darauf bedacht, sich die Zähne zu putzen, die Wahrheit zu sagen und Spielkameraden zu meiden, die unanständige Ausdrücke benutzten. Junior würde einmal das genaue Ebenbild seines Vaters sein, wenn ihm die Zahnspangen abgenommen wurden, und die kleine Charlotte ähnelte stark ihrer Mutter. Freunde redeten oft darüber, was für ein nettes Arrangement das doch sei.

Mr. Durant lächelte gutmütig trotz ihres Spektakels, während er sorgfältig Mantel und Hut aufhängte. Selbst das Unterbringen seiner Kopfbedeckung auf dem kühlen, glänzenden

Knopf der Hutablage bereitete ihm Freude. Alles war erfreulich, heute abend. Selbst der Lärm der Kinder konnte ihn nicht aus der Ruhe bringen.

Schließlich entdeckte er die Ursache des Durcheinanders. Es war ein verirrtes Hündchen, das an die Hintertür gekommen war. Sie waren draußen in der Küche, um Freda zu helfen, und Charlotte dachte, sie hätte etwas kratzen hören, und Freda sagte, Unsinn, aber Charlotte ging trotzdem zur Tür, und da war dieses Hündchen, das versuchte, aus der Nässe ins Haus zu kommen. Mutter half ihnen, es zu baden, und Freda gab ihm zu fressen, und jetzt war es im Wohnzimmer. Oh, Vater, konnten sie es nicht behalten, bitte, konnten sie es denn nicht bitte behalten, bitte, Vater, bitte? Es hatte kein Halsband um – also gehörte es doch auch niemandem. Mutter sagte, in Ordnung, wenn Vater einverstanden war, und Freda war es auch recht.

Mr. Durant lächelte noch immer sein gütiges Lächeln. «Wir werden sehen», sagte er.

Die Kinder sahen enttäuscht aus, aber nicht verzagt. Ihnen wäre mehr Leidenschaft lieber gewesen, aber «wir werden sehen» bedeutete, wie sie aus Erfahrung wußten, eine Tendenz in die richtige Richtung.

Mr. Durant schritt ins Wohnzimmer, um den Besucher zu begutachten. Er war keine Schönheit. Nur allzu offensichtlich war er das lebende Souvenir einer Mutter, die nie hatte nein sagen können. Es war ein ziemlich stämmiges kleines Tier mit zottigem weißem Fell und einigen verwegen plazierten schwarzen Flecken. Es hatte einen Anflug von Sealyham-Terrier an sich, aber dies war fast vollständig von zahllosen Anklängen an andere Rassen überlagert. Es sah, alles in allem, wie eine Fotomontage aus Beliebten Hunden aus. Aber man konnte auf den ersten Blick erkennen, daß es das gewisse Etwas besaß. Deswegen waren schon Zepter ausgeschlagen worden.

Es lag nun am Feuer und wedelte sehnsüchtig mit seinem tragisch langen Schwanz, während seine Augen Mr. Durant anflehten, zu einem gerechten Urteil zu kommen. Die Kinder hatten ihm befohlen, sich hinzulegen, und daher bewegte es sich nicht. Das war das mindeste, was es tun konnte, um ihnen zu danken.

Mr. Durant erwärmte sich für das Tier. Er hatte nichts gegen Hunde, und er sah sich im Geiste eigentlich ganz gern als weichherzigen Burschen, der freundlosen Tieren Schutz gewährte. Er bückte sich und streckte eine Hand nach ihm aus.

«Na, du», sagte er jovial. «Komm mal her, Bürschchen.»

Das Hündchen rannte, vor Begeisterung zappelnd, zu ihm. Es bedeckte seine kalte Hand mit freudigen, doch respektvollen Küssen und legte dann seinen warmen, schweren Kopf in Mr. Durants Hand. «Du bist ohne jeden Zweifel der größte Mann von ganz Amerika», sagten seine Augen.

Mr. Durant genoß Wertschätzung und Dankbarkeit. Er tätschelte den Hund gnädig.

«Na, du, wie würde es dir denn gefallen, bei uns zu wohnen?» sagte er. «Ich glaube, du kannst dich darauf einrichten, dich hier niederzulassen.» Charlotte drückte heftig Juniors Arm. Keines der Kinder hielt es jedoch für richtig, das Glück herauszufordern, indem sie auf der Stelle Kommentare dazu abgaben.

Mrs. Durant kam aus der Küche herein, erhitzt von ihren letzten Vorbereitungen für den Auflauf. Eine sorgenvolle Linie lag zwischen ihren Augen. Teils waren die Sorgen auf das Abendessen zurückzuführen und teils auf den störenden Eintritt des Hündchens in das Familienleben. Alles, was nicht von vornherein in ihrem Tagesablauf eingeschlossen war, versetzte Mrs. Durant in einen Zustand ähnlich dem eines Genesenden von einer Schützengrabenneurose. Ihre Hände flatterten nervös und begannen mit Gesten, die sie nie beendeten.

Erleichterung glättete ihre Züge, als sie ihren Mann das Hündchen streicheln sah. Die Kinder, ihr gegenüber stets ungezwungen, gaben ihr Schweigen auf und sprangen um sie herum und schrien, daß Vater gesagt habe, es könne bleiben.

«Na also – habe ich euch nicht gesagt, was für einen lieben, guten Vater ihr habt?» sagte sie in dem Tonfall, den Eltern anwenden, wenn sie zufällig richtig geraten haben. «Das ist schön, Vater. Mit dem großen Hof und allem, glaube ich, kriegen wir das schon hin. Sie scheint wirklich eine sehr brave kleine – »

Mr. Durants Hand hörte abrupt zu streicheln auf, als ob der Nacken des Hundes glühend heiß anzufassen geworden wäre. Er stand auf und sah seine Frau wie einen Fremden an, der plötzlich begonnen hat, sich toll zu benehmen.

«Sie?» sagte er. Er behielt den Gesichtsausdruck bei und wiederholte das Wort. «Sie?»

Mrs. Durants Hände flatterten.

«Nun», begann sie, als wollte sie sich in eine Aufzählung mildernder Umstände stürzen. «Nun – ja», schloß sie.

Die Kinder und der Hund sahen Mr. Durant

nervös an, da sie spürten, daß etwas nicht stimmte. Charlotte wimmerte wortlos.

«Ruhe!» sagte ihr Vater und fiel plötzlich über sie her. «Ich habe doch gesagt, daß er bleiben kann, oder? Habt ihr jemals erlebt, daß Vater ein Versprechen gebrochen hat?»

Charlotte murmelte artig: «Nein, Vater», aber überzeugt klang es nicht gerade. Sie war jedoch ein einsichtiges Kind, und sie beschloß, die ganze Angelegenheit Gott zu überlassen. Dem sie gelegentlich mit einem Gebet ein bißchen nachhelfen wollte.

Mr. Durant sah seine Frau finster an und machte eine knappe Kopfbewegung. Das bedeutete, daß er sie sprechen wollte, nur unter Erwachsenen, in der Ungestörtheit des kleinen Zimmers auf der anderen Seite des Flurs, das «Vaters Reich» genannt wurde.

Er hatte die Ausgestaltung seines privaten Reiches beaufsichtigt, hatte dafür gesorgt, daß es zu einem wahrhaft maskulinen Raum gemacht wurde. Eine rote Tapete bedeckte die Wände bis zu dem Holzregal, auf dem dekorative Bierkrüge einheimischer Produktion standen. Leere Pfeifenständer – Mr. Durant rauchte Zigarren – waren in unregelmäßigen Abständen auf die rote Tapete genagelt. An einer Wand hing eine mittelmäßige Reproduktion einer Zeichnung von einer jungen Frau mit Flügeln wie ein Vampir, und auf einer anderen eine aquarellierte Fotografie des «September-Morgens», deren Farben ein wenig über die Ränder der Figur hinausliefen, als ob die Gefühle des Künstlers seine Hand unsicher gemacht hätten. Auf dem Tisch war bewußt nachlässig eine gegerbte und fransenbesetzte Tierhaut ausgebreitet, auf die das Profil einer unbekannten Indianerin gemalt war, und der Schaukelstuhl enthielt ein Lederkissen, das in Brandmalerei das Bild eines Mädchens in Fechtkleidung zeigte, die ihre peinlich altmodische Figur unterstrich.

Mr. Durants Bücher waren hinter dem Glas des Bücherschranks aufgereiht. Es waren lauter große, dicke Bücher mit buntem Einband, und sie rechtfertigten seinen Stolz in ihrer Zurschaustellung. Es handelte sich hauptsächlich um Erzählungen über Favoritinnen des französischen Hofes sowie einige Bände über seltsame persönliche Angewohnheiten diverser Monarchen und die Abenteuer ehemaliger russischer Mönche. Mrs. Durant, die nie Zeit hatte, um zum Lesen zu kommen, betrachtete sie mit Ehrfurcht und hielt ihren Mann für einen der führenden Bücherliebhaber des Landes. Es gab auch Bücher im Wohnzimmer, doch diese hatte sie geerbt oder geschenkt bekommen. Sie hatte einige auf dem Wohnzimmertisch angeordnet; sie sahen aus, als ob sie dort von einer Bibelgesellschaft ausgelegt worden wären.

Mr. Durant hielt sich für einen unermüdlichen Sammler und einen unersättlichen Leser. Aber er war immer enttäuscht von seinen Büchern, nachdem er sie bestellt hatte. Sie waren nie so gut, wie ihn die Reklame hatte glauben lassen.

In diesen Raum ging Mr. Durant seiner Frau voraus und wandte sich ihr zu, noch immer mit finsterem Blick. Seine Ruhe war nicht zerstört, aber sie hatte kleine Löcher bekommen. Dauernd mußte etwas Lästiges auf den Plan treten. Hätte er sich doch denken können.

«Du weißt doch ganz genau, Fan, daß wir diesen Hund nicht im Haus haben können», sagte er zu ihr. Er benutzte die leise Stimme, die Unterwäsche und Badezimmerartikeln und ähnlich beklemmenden Dingen vorbehalten war. In seinem Tonfall lag das ganze Wohlwollen, das man einem zurückgebliebenen Kind entgegenbringt, doch dahinter lag eine an den Fels von Gibraltar gemahnende Unerschütterlichkeit. «Du mußt verrückt sein, das auch nur einen Moment lang anzunehmen.

Um keinen Preis der Welt würde ich je eine Hündin ins Haus nehmen. So etwas ist doch widerlich, einfach widerlich.»

«Ja, aber, Vater —» begann Mrs. Durant, und ihre Hände fingen wieder zu zucken an.

«Widerlich», wiederholte er. «Du weißt, was passiert, wenn man ein Weibchen im Haus hat. Sämtliche Männchen der Nachbarschaft sind hinter ihr her. Kaum daß man es sich versieht, bekommt sie schon Junge – und wie sie aussehen, wenn sie sie gehabt haben und alles! Das wäre mal ein schöner Anblick für die Kinder, stimmt's? Ich würde doch denken, daß du dabei an die Kinder denkst, Fan. Nein, meine Liebe, in diesem Haus wird es nichts dergleichen geben, nicht solange ich etwas zu sagen habe. Widerlich!»

«Aber die Kinder», sagte sie. «Sie werden einfach ganz —»

«Nun überlaß mal alles einfach mir», beruhigte er sie. «Ich habe ihnen gesagt, daß der Hund bleiben kann, und ich habe noch nie ein Versprechen gebrochen, stimmt's? Ich werde folgendes tun – ich warte, bis sie schlafen, und dann nehme ich das Hündchen einfach und setze es vor die Tür. Morgen früh kannst du ihnen dann sagen, daß es während der Nacht fortgelaufen sei, ja?»

Sie nickte. Ihr Mann tätschelte ihre Schulter in der nach Trauerkleidung riechenden schwarzen Seide. Seine Zufriedenheit mit der Welt war erneut intakt, wiederhergestellt durch diese einfache Lösung des kleinen Problems. Wieder hüllte sich sein Geist in das Wissen ein, daß alles völlig geregelt, völlig bereit für einen schönen, neuen Anfang war. Sein Arm war noch immer um die Schulter seiner Frau gelegt, als sie zum Essen hineingingen.

50 JAHRE ROWOHLT ROTATIONS ROMANE

50 Taschenbücher im Jubiläumsformat
Einmalige Ausgabe

Paul Auster, *Szenen aus «Smoke»*
Simone de Beauvoir, *Aus Gesprächen mit Jean-Paul Sartre*
Wolfgang Borchert, *Liebe blaue graue Nacht*
Richard Brautigan, *Wir lernen uns kennen*
Harold Brodkey, *Der verschwenderische Träumer*
Albert Camus, *Licht und Schatten*
Truman Capote, *Landkarten in Prosa*
John Cheever, *O Jugend, o Schönheit*
Roald Dahl, *Der Weltmeister*
Karlheinz Deschner, *Bissige Aphorismen*
Colin Dexter, *Phantasie und Wirklichkeit*
Joan Didion, *Wo die Küsse niemals enden*
Hannah Green, *Kinder der Freude*
Václav Havel, *Von welcher Zukunft ich träume*
Stephen Hawking, *Ist alles vorherbestimmt?*
Elke Heidenreich, *Dein Max*
Ernest Hemingway, *Indianerlager*
James Herriot, *Sieben Katzengeschichten*
Rolf Hochhuth, *Resignation oder Die Geschichte einer Ehe*
Klugmann/Mathews, *Kleinkrieg*
D. H. Lawrence, *Die blauen Mokassins*
Kathy Lette, *Der Desperado-Komplex*
Klaus Mann, *Der Vater lacht*
Dacia Maraini, *Ehetagebuch*
Armistead Maupin, *So fing alles an ...*
Henry Miller, *Der Engel ist mein Wasserzeichen*

50 JAHRE ROWOHLT ROTATIONS ROMANE

Nancy Mitford, *Böse Gedanken einer englischen Lady*

Toni Morrison, *Vom Schatten schwärmen*

Milena Moser, *Mörderische Erzählungen*

Herta Müller, *Drückender Tango*

Robert Musil, *Die Amsel*

Vladimir Nabokov, *Eine russische Schönheit*

Dorothy Parker, *Dämmerung vor dem Feuerwerk*

Rosamunde Pilcher, *Liebe im Spiel*

Gero von Randow, *Der hundertste Affe*

Ruth Rendell, *Wölfchen*

Philip Roth, *Grün hinter den Ohren*

Peter Rühmkorf, *Gedichte*

Oliver Sacks, *Der letzte Hippie*

Jean-Paul Sartre, *Intimität*

Dorothy L. Sayers, *Eine trinkfeste Frage
des guten Geschmacks*

Isaac B. Singer, *Die kleinen Schuhmacher*

Maj Sjöwall/Per Wahlöö, *Lang, lang ist's her*

Tilman Spengler, *Chinesische Reisebilder*

James Thurber, *Über das Familienleben der Hunde*

Kurt Tucholsky, *So verschieden ist es
im menschlichen Leben*

John Updike, *Dein Liebhaber hat eben angerufen*

Alice Walker, *Blicke vom Tigerrücken*

Janwillem van de Wetering, *Leider war es Mord*

P. G. Wodehouse, *Geschichten von Jeeves und Wooster*

Programmänderungen vorbehalten